奇跡！大きながんが半年で消えた！

2022年7月18日、数か月の体調不良が続く中、お腹の激痛で倒れ救急車で運ばれ、巨大ながんが見つかる。（悪性リンパ腫Ⅲ期）

がんが余りに大きく、尿管閉塞、大動脈圧迫という状況もあり、

「何もしなければ余命数か月」と宣告される。

抗がん剤治療の効果、天の恩恵、高麗人参などによって奇跡の回復。

2023年2月7日、抗がん剤治療終了後の検査で寛解と言われる。

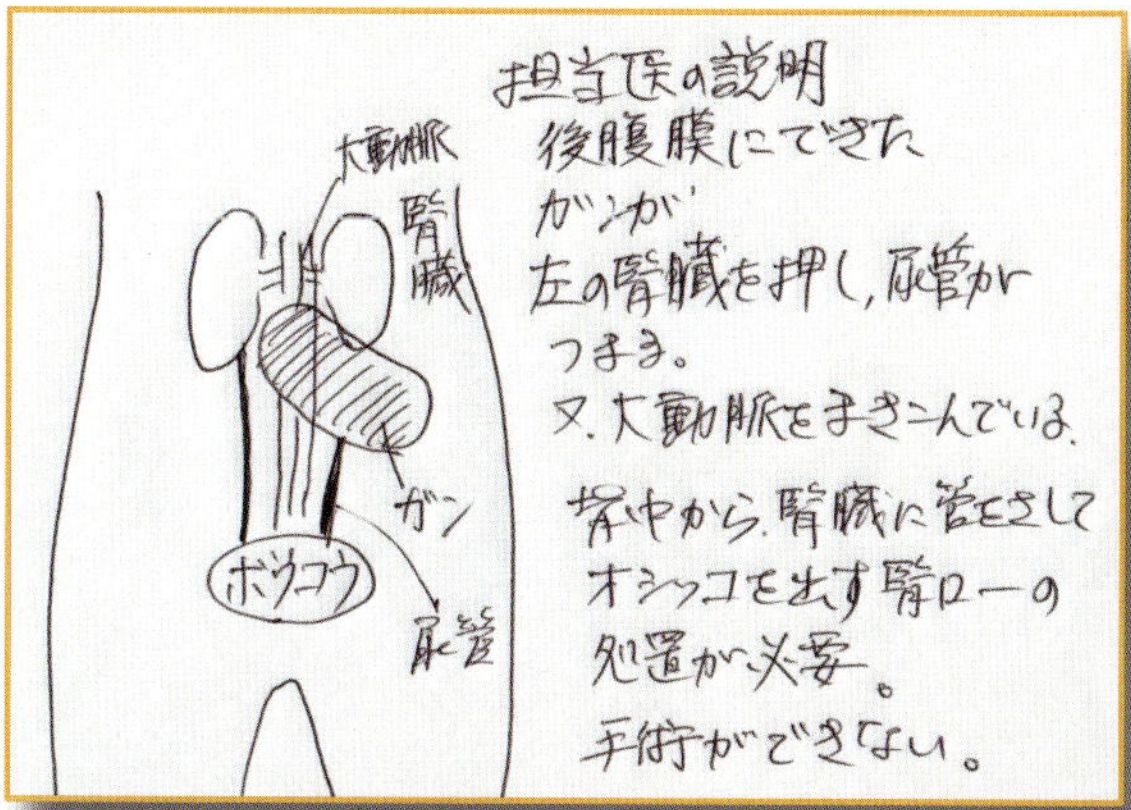

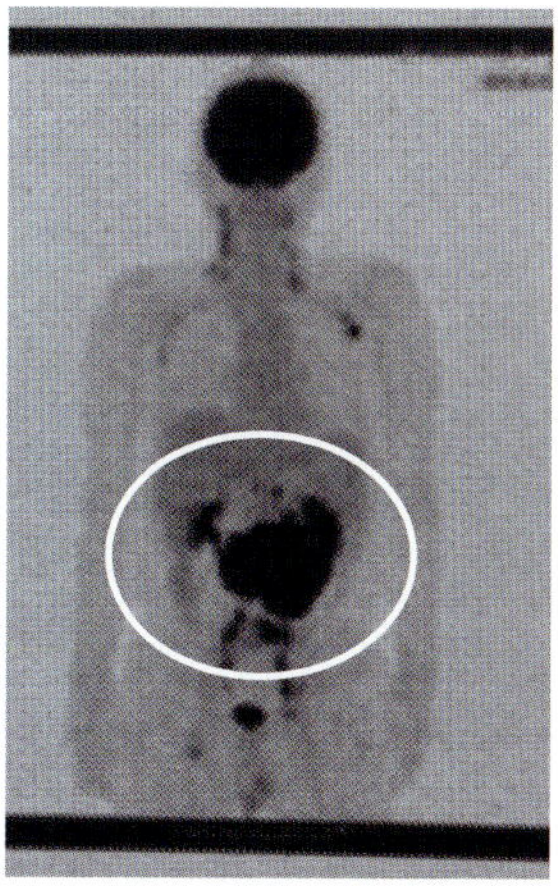

2022年7月26日のペット検査。
お腹の黒い部分ががん。

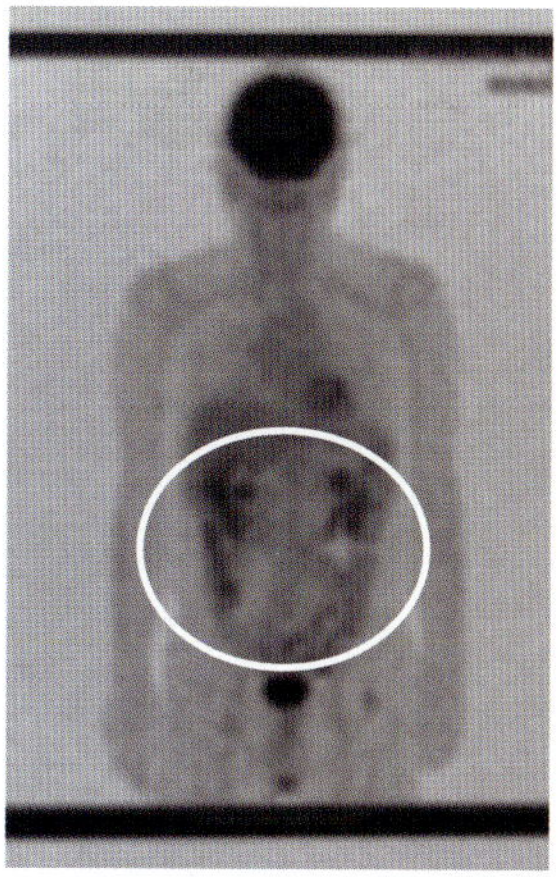

2023年2月3日のペット検査。お腹の黒い部分がほとんど消えている。(寛解)

炎の龍神様に出会う

新しい人生へのはじまりだった

（本文86ページ参照）

観音様と龍神様が雲になって現れた!!

（本文88ページ参照）

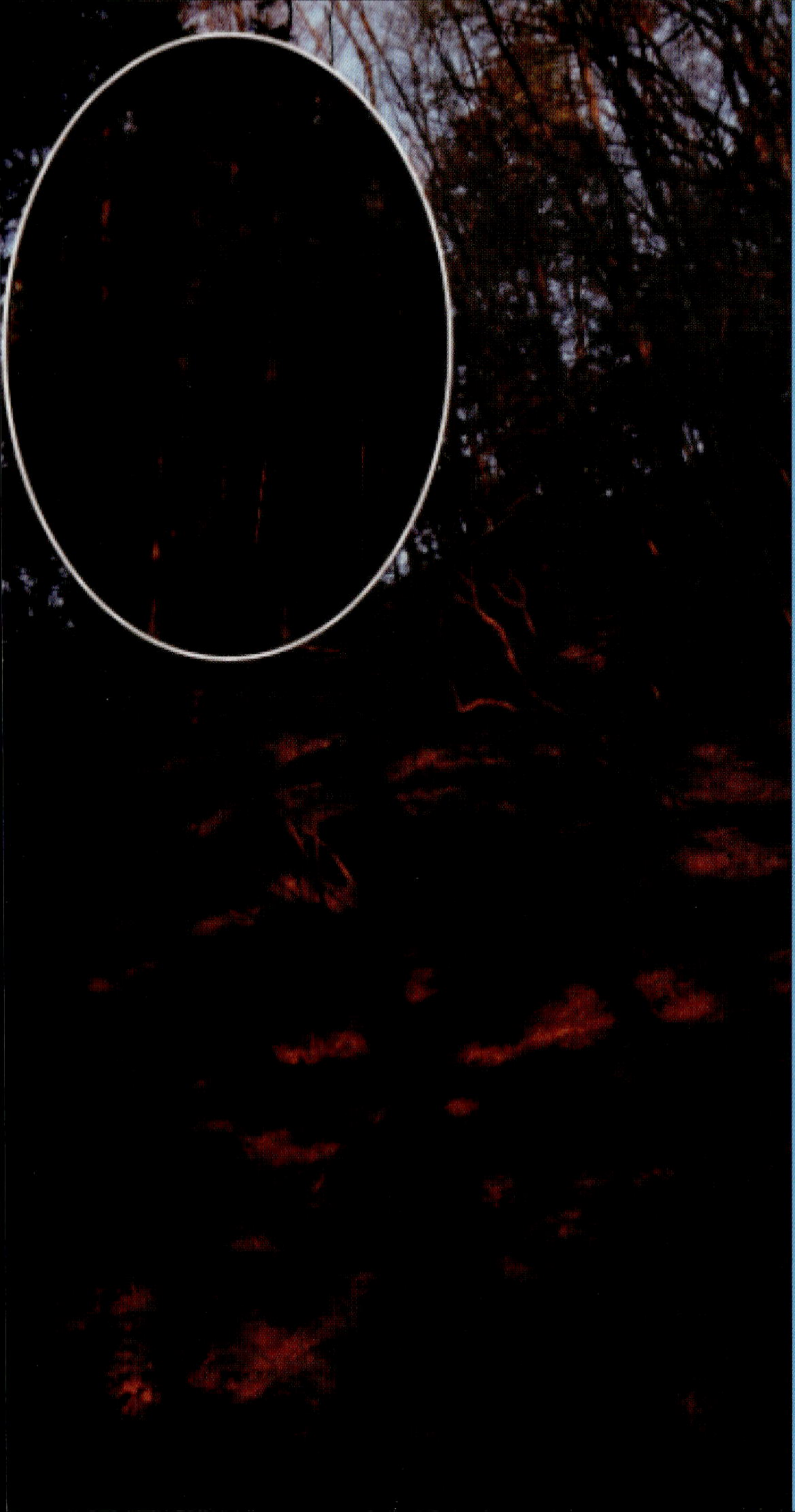

真っ赤に燃える木々と大地に出会った

熊野三山奥の院玉置神社にて（本文175ページ参照）

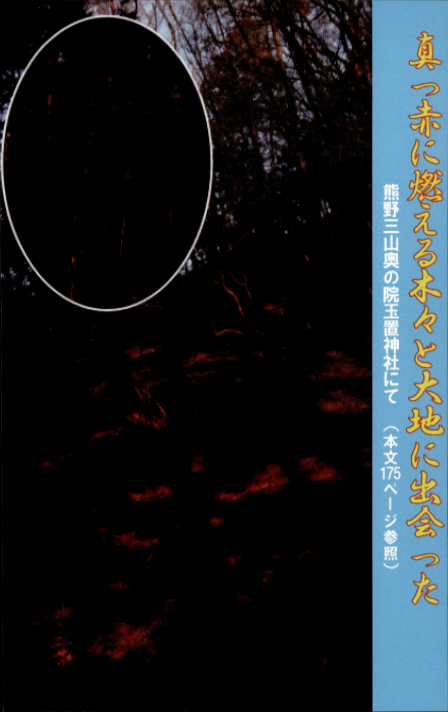

■がんから寛解への様子

2021年11月3日
入院9か月前の雄姿

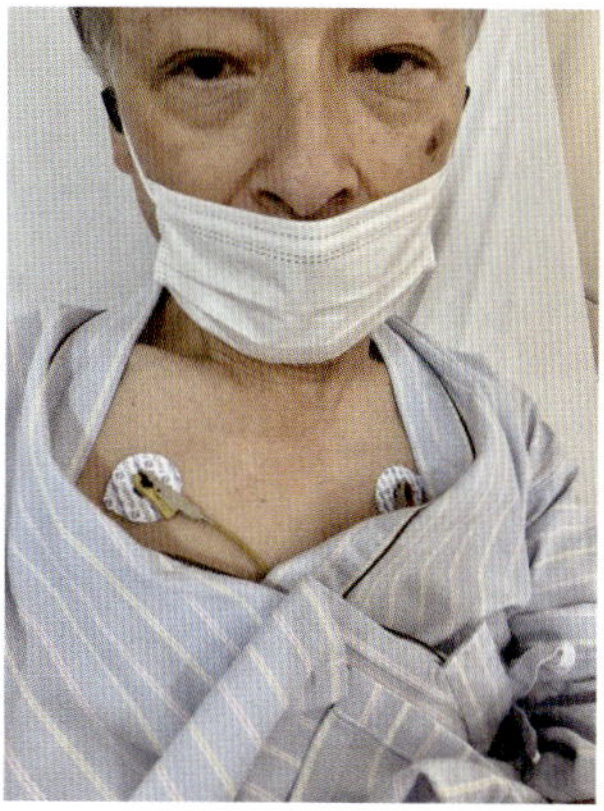

2022年8月2日
抗がん剤治療前の様子

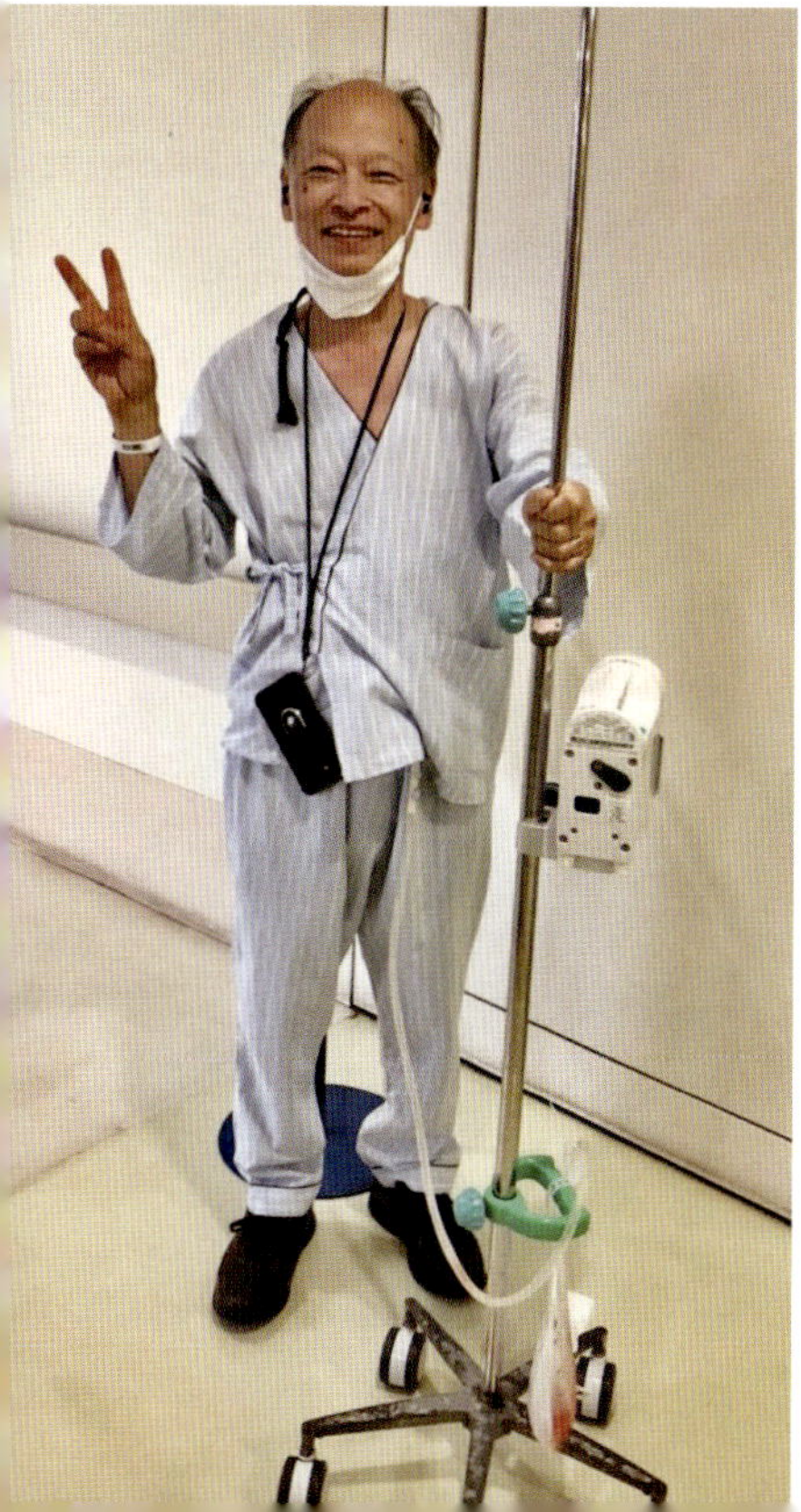

2022年8月4日、奇跡的な体験をした喜びで、感謝で笑顔に変わる。
がんを克服する夢の実現に向かって歩み始める。

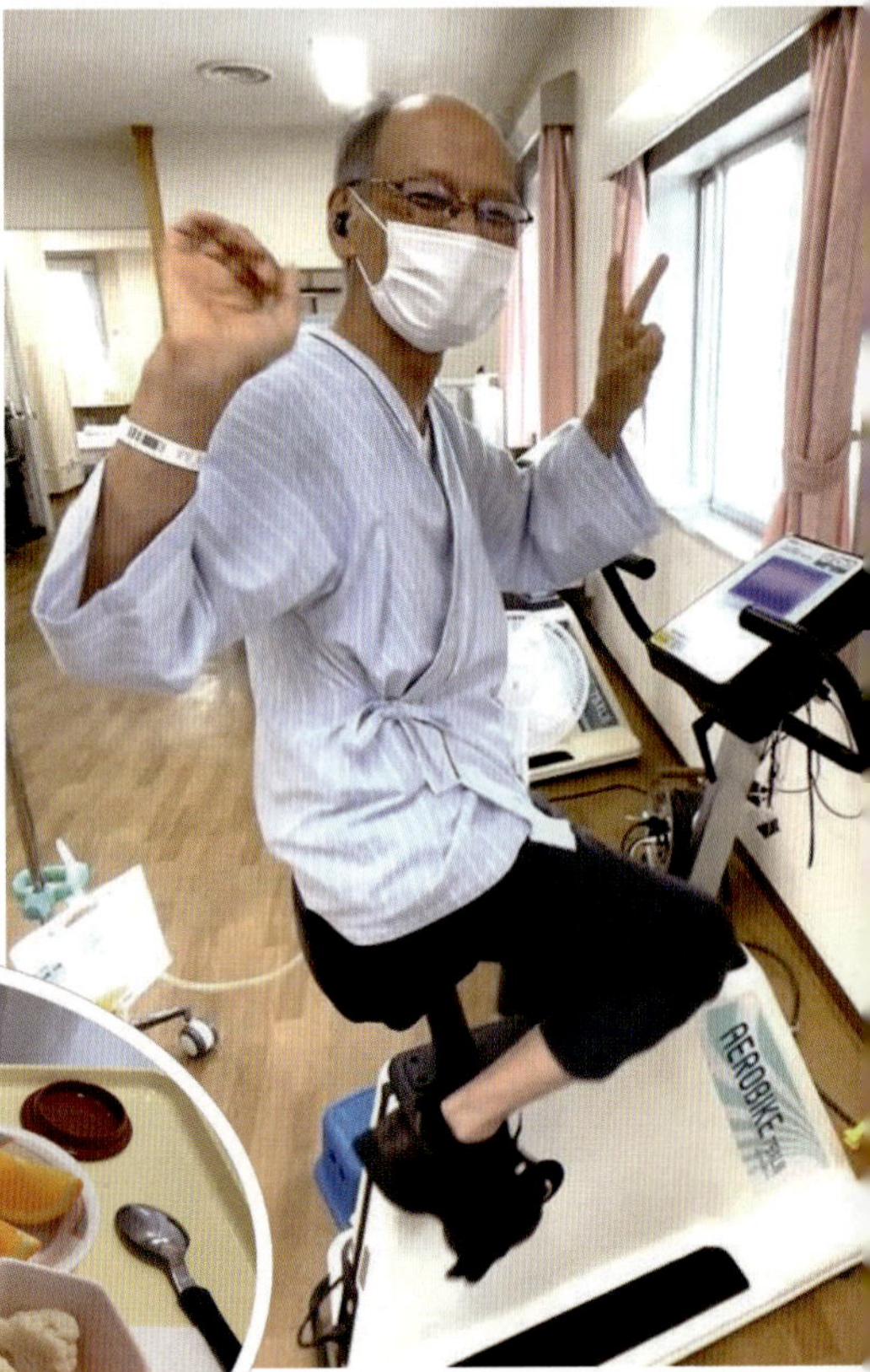

体力をもとに戻すために
なんと食事を大盛に
こんなに食欲のあるガン
患者はいない

早く元気になりたいと
リハビリに励む

2022年8月26日、救急車で運ばれてから40日目で退院

2022年8月27日、退院祝いに来た孫を肩車して喜びを爆発

2023年1月5日
年明けに初日の出を見たくて伊豆白浜に

2023年5月4日、家族全員で1泊2日の旅行に

2023年7月21日、倒れてから1年
元気に回復した感謝の気持ちを込めて
乗鞍岳(標高3,026m)に登った。
山頂にて大声で叫ぶ
「神様、ありがとうございました！」

2023年9月9日、幹事としてみんなを連れて上高地ハイキング

悪性リンパ腫闘病記

がんから学んだ幸せの道

本居弘志

もくじ

プロローグ…癌の苦しみや痛み、悲しみを味わって

私の家族は両親と姉2人と私の5人。全員ががんを患い、父、母、一番上の姉の3人が70歳を過ぎて帰らぬ人になった。私の妻も40歳で乳がんになり、その後、肺がん、リンパがん、肺がんと3度も再発を繰り返し65歳で人生の幕を閉じた。そういう私も、2022年の7月18日、激しい腹痛に襲われ救急車で運ばれることになった。検査の結果、末期の悪性リンパ腫と言われ余命宣告を受けた。しかし、幸いなことに抗がん剤治療が終了した後、寛解と言われ現在は元気に仕事もしている。良くなった理由は色々と頭に思い浮かぶが、何よりも身近な家族の体験や多くのがん患者と接した経験があったからだと思う。

私は健康のお店を経営するかたわら、整体師、健康指導員としてよくがんの相談を受けた。がんという言葉を聞くと身を乗り出して口をはさみ、がんの治療や治療で起こること、まわりの家族がなすべきことをアドバイスした。何故なら、がんを患った家族4人を直接見送った経験があるからだ。

今や、がんは2人に1人がなる時代、堂々の死亡率の1位でもある。がんはポピュラーな病気となり治療法も増え情報も多い。治療法は進み末期のがんさえ回復できるようにな

り、助かる人も多い。だが、そんな末期がんを克服したように見えた私の知人3人が、今年あいついで亡くなった。残念で、悔しくてならない。厳しい言い方かもしれないが、その闘病生活を聞くと生を全うしたように思えず、中途半端にあきらめた生き方だったように感じるからだ。

勝手ながら、ここでガンについて少々説明をしたい。がんは治ったようにみえても再発する病気だ。ましてや最初のがんが末期の場合、再発のリスクはさらに高く死ぬ可能性も高まる。なのに、最初のがんを克服すると本人も家族も、一時はどうなることかと心配したが、回復したことだし再発してもなんとかなるだろうと安心してしまう。病院の検査も定期的にあるし、食事や生活に気を付けていれば大丈夫かな…と。

しかし、再発して余命数か月と言われればどうだろうか。動揺している中では、死を前提にやらなければならないこと、お互いの人生のやり残したこと、たとえば、妻や子供たちに残す言葉、財産などの遺言や、契約問題などに対する配慮がままならなくなる。しかも現実は何より治療が優先、頭に色々浮かんでも、あたふたと時だけが過ぎる。

それ以前に、自分に告知されずに家族や友人に余命を告知されたらどうだろう。家族も友人も死期が近いことを医師から言われると、本人に辛いことだからとなかなか言えない。

がんであるとは話せても死の宣告となると言いづらい。こんな時、背中を押してくれる人が必要なのだ。しかし、その人がいないと病状はさらに進行して危篤直前のお別れの挨拶になってしまう可能性が高いだろう。痛くて苦しんでいる時やもうろうとした意識の中でのお別れは悲しいものだ。

何故もっと早く、本人がまだしっかりしている時に、心あたたまる旅行に行ったり、心の奥底にある気持ちを伝え合う時を持ったりしなかったのかと後悔してしまう。ただただ、本人の気持ちを考えすぎると、死ぬことを伝える勇気がもてない。

家族ががんを患って闘病する生々しい姿を見て来たし、がん患者にも触れて、苦しみや痛みも悲しみも、私は味わった。何もできずに大きな悔いを残したこともあるからこそ伝えたいこともある。末期のがんを経験、克服した健康指導者として、この本が勇気を与える何かの道しるべになることを願って…。

第一章　発病とがんへの思い

元気印の私

2021 年 11 月 6 日マラソンの様子（3 キロ）

世田谷区の池尻にある健康のお店「ヘルシーボックス」の整体師と健康のアドバイスをしていた私は、元気にウォーキングやジョギングをしているので、凄く健康的な人と思われていた。ところが、２０２２年（令和５年）の春、元気な私が疲れやすさをなんとなく感じて、体が何かおかしいなと思ったが、きっとそのうちに良くなるだろうと考え気にもとめていなかった。それより、70歳になったら四国88ヵ所のお遍路（徒歩で約１，２００キロ）をしたくて、毎日２万歩を歩くことを日課として励んでいた。というのは、２０１７年秋、がんで亡くなった妻の供養と70歳の人生の節目に、お遍路をして心も新たに再出発をしたいと思っていたからだ。

だが、5月、6月は元気になるどころか予想に反して悪くなる一方だった。美味しいはずの食事が何かまずく感じて食欲も減退して、体力も少し落ちてしまい何かの病気かもしれない。『おかしい、おかしい。何かがおかしい』と感じてはいたが、病院に行こうとしなかった。

7月になるとめっきり食欲が落ちて一人前を食べるのがやっと。こうなると『すぐに病院で検査してもらわないと絶対にやばい。限界だ。がんかもしれない？親や姉たちも皆がんになって死んだ。きっと何かのがんだ』と思うに至った。

コロナ禍で受診するのが大変で及び腰になっていたが、ようやく病院に行くと決めた。

そんな矢先の7月18日午前9時、お店で準備をしていた私は激しい腹痛に襲われ床にぶっ倒れた。辛くて〝う～ん　う～ん〟と唸るしかなかった。「一体この痛みは何なのだ？」と混乱と不安の中で、自ら電話をして救急車を呼んだ。味わったことのない痛みをこらえ、これは入院になるぞ、保険証、免許証、洗面用具、簡単な衣服などを用意し救急車を待った。40分ほどすると救急車が到着。受け入れてくれる病院先を探すが、コロナ禍でなかなか見つからない。小1時間かけてようやく近くの大きな基幹病院がOKを出してくれた。病院に到着して運ばれた大きな病室では、すでに5～6人の救急患者がベッドに横たわって問診や検査を受けていた。病院のスタッフの皆さんが手際よく患者の状況を把握、指示を出していた。緊張感あふれる現場は、まるで医療ドラマを見ているようだった。
腹部のエコー検査を受けると、私のお腹に大きな腫瘍が見つかった。

「がんですか?」
「まだわかりませんが、おそらくがんでしょう」

それからCTスキャンの検査に回された。担当医師が
「本居さん、お腹に大きな腫瘍、がんがあってこのまま入院になりますよ。ご家族にご連絡をしてください。大丈夫ですか?」
「はい、大丈夫です。がんですか?」

「そうですね」

「何のがんですか？」

「詳しいことは、検査結果が分かればお伝えします」

「分かりました」


話すのが精一杯で、時折襲ってくるお腹の痛みが、私をさらに不安に陥れた。

家族のがんを思い出す

一体、どんながんなのかとても気になった。〝治らないがんなら困ったもんだ〟と、深刻に考えた。思えば私の父も母も妻もがんで亡くなっている。

元気な父が65歳で大腸がんになった。便秘がひどく、食べられないので痩せていた。父はトイレに何度も行くがなかなか出ない。母が心配して見ると血が混じった不思議な便。検査で大腸がんと知らされた時、医師は「手術すれば大丈夫。人工肛門になりますが、慣れれば生活に支障はありません。」と、丁寧に説明してくれた。内容を知った私たちは、元気に戻るのならとがんを告知することをやめた。父には
「便秘がひどうてほったらかしにしとったから腸がおかしくなったんやと。手術せなあかんと。手術したら人口肛門にせなあかんと。でも、がんでないが。安心して」（富山弁）と、みんなでウソをついた。30㎝以上もの直腸と大腸を切除、人工肛門を作った。父は
「がんと違うのか」と聞いてきたが、医師も家族も全員口車を合わせてがんではないと言い張ったので、父は信じた。医師に私は
「がんは全部取れましたか?大丈夫ですか」と、聞くと
「はい、全部取れましたので、ご安心ください」
「先生ありがとうございます」
酒豪でならした父もさすがに好きな酒もタバコも止め、体のために手作りの野菜ジュースを毎日飲み始めた。たが、体が元気になると量は大きく減ったが酒もタバコも始めた。そんな父を元気にしたくてあれこれ健康食品を勧めたが「そんな高いものを飲まなくてよい。病院の薬で大丈夫だから」と飲んでくれなかった。
しかし、心配していたように父は2年後に息が苦しくなり、調べるとがんは再発してい

た。今度は肺がんだった。このときもがんとは告知せず、タバコの吸いすぎがもとで左肺を手術することになったと言った。それから1年あまりの70歳の時には、なんとなく物忘れやぼんやりすることが多くなった。検査すると、脳にがんができていた。医師からは良い治療法がないので1~2か月もすると意識が無くなり、数か月で危なくなると言われた。母から私に連絡があり「頭がまだしっかりしとるから早く帰っておいでま（富山弁）」と言われ東京から駆け付けた。家族全員で病院に行った時、姉からは、「今日は珍しく意識がハッキリしとるがや。父ちゃん、弘志をまっとんたやは。父ちゃん励まさなあかんよ」と言われた。ベッドに横たわる父は意識も安定し、話すことが分かる状態だったのでホッとした。孫たちを見せ、早く良くなって成長を見守って欲しいと伝えた。東京に戻ると、母から連絡があった。

「お前が帰ったあと、父ちゃんすぐおかしくなったが。ぼんやりして、もう元にもどらんようになった。

そやから、もうあかんが。

弘志がおった時だけ意識があって元気やったが。

父ちゃん、弘志と会うために頑張ったがいね。

感謝せなあかんよ」（富山弁）

私はしっかりした状態の父に会わせるため、神様と先祖が守ってくれたんだと感じた。

1か月後には、完全な植物人間となり父は享年70歳で亡くなった。死は残酷なものである。

やり残したことも沢山あるだろうに、なすすべもなく散ってゆくのだから…。

また、母の場合はこうであった。父が亡くなってから6年後の冬、すぐ上の姉家族が母をクリスマスに招待した時、甥っ子が

「ばあちゃんの目なんだか黄色くない？

何だかおかしいよ」

その言葉にみんなが反応、母の目や肌の色が黄色いのに気づき
「ばあちゃん、体つろうないがけ。どこか痛うないがか？」
母は、物静かに
「背中が最近痛いんや。痛みがとれんがや」
と言うのだった。

病院で検査すると黄疸の症状だったが、原因は末期のすい臓がんだと分かった。すい臓がんによって胆管が閉塞して胆汁が逆流、黄疸の症状が出たのである。もう手遅れの状態だった。母の体調が心配でたまらない。母も見舞いに来て欲しいと哀願。それで毎週金曜に夜行バスで東京から富山に向かい、病院の面会時間いっぱい過ごし、夜は姉の家に泊まった。母は一緒にいて、食事をさせたり手を握ったりするだけで満足した。金曜の夜行バスで富山に帰り、日曜の夜行バスに乗り月曜の早朝に東京に戻る生活を1か月もすると、さすがに私の体もおかしくなる。家族で話し合い、東京の良い病院に転院で治療した方が良いと私が勧めると、母もみんなも同意してくれた。東京に母が来ると、私は毎日仕事を終えると真っ先に病院に立ち寄り、母の顔を見て手を握って励ました。週末になると、順番に姉たちや甥っ子も姪っ子も会いにきてくれたので母も喜んでいた。しかし、東京に転院しても末期の膵臓がんに良い治療法はなく2か月後に母は亡くなった。

小さな子供がいる40歳代に、どんな時にも支えてくれた父も母も亡くなると何とも淋しい限りである。１００歳までとは言わないが、孫が独り立ちし、結婚する時までは生きて欲しいと思うのが人情だろう。大切な親の命を簡単に奪ったがんが恐ろしく、また憎かった。父の大腸がんの時、『全部がんを切除しましたから、ご安心ください』と医師は言ったが、肺がんは再発して死に追いやられた。30年前は良いがんの治療法がなく再発率もとても高かったし、死の病いとして恐れられ、告知をしないのが普通であった。

妻は40歳の時に乳がんで左乳房を全適した。治療の予後もよく9年間は元気にすごしたが、肺がんを再発してからは、リンパがん、肺がんと再々発を繰り返し、65歳で亡くなった。ここで述べると長くなるので妻のがんのことはあとで語ろうと思う。

姉も70歳で甲状腺がんと肺がんを発症。進行が早くて、発見して半年で亡くなった。だから、家族の体験からがんのこわさも知ったし、死が迫ったがん患者に何をすべきだったのかを分かっているつもりだ。だから、今ではありがたい経験をさせてもらったんだと感謝し、皆さんに伝えたくなる。


7月19日、お腹が痛む中で病名が知らされる

話をもとに戻そう。入院1日目、私はお腹の痛みをこらえながら、克服できるがんなのか、それとも手遅れなのか、少ない情報の中で頭をぐるぐると回転させて考えた。でも、クヨクヨして悩んでいても仕方がない。時間の無駄だ。幸い4人部屋の病室には私一人。ベッドで子供たちやお店のメンバーに電話し、娘に必要なものを届けて欲しいと連絡した。みんな心配してくれた。アメリカにいる長男は、すぐに帰国できないので電話で話せば済むが、日本にいる次男や娘は病院まで来てくれたり、買い物をしてくれたりと具体的に動かないといけないから大変だ。

次男は5人家族で子供が3人、仕事も手一杯で親のことを考えるゆとりもないから、そっけないと感じて『子供なんてこんなものよ』と淋しく思っていたが、入院のことや大きながんがあることを伝えると、真面目に聞いてくれて心配しているのが分かった。当時の次男は子供や家族のため、土日が休日の会社への転職を決意していた。仕事をしながら就職活動をするため、面接などの予定をこじ入れたりするので多忙を極めていた。しかし、「できることはするから心配しなくていいよ。して欲しいことがあったら言って」と。次男の事情が分かるだけにすまない気持ちでいっぱいだったが、それでも応えようとする気持ちが嬉しかった。

痛み止めの薬をもらうが中々痛みが引かず、痛みが襲うたびに唸り声を上げ心細くなった。眠れるのかなと心配したが、少し寝られたので良かった。

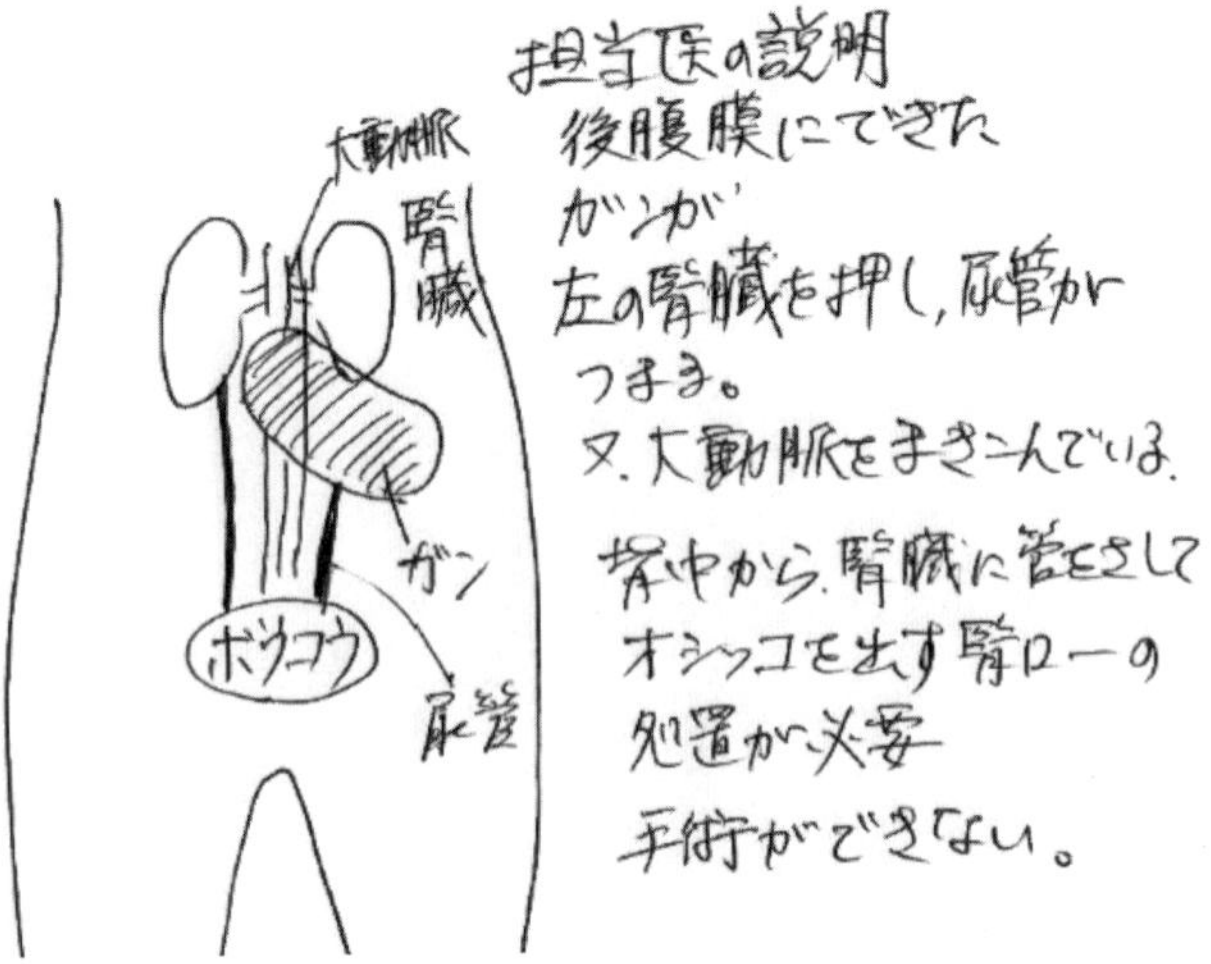

入院2日目、まだお腹が痛んでいる中、担当医の先生がベッドに来られた。

「本居さん、お体どうですか？痛みは？」

「時々激しい痛みもありますが、痛み止めで少し楽になって何とか大丈夫です」

「検査結果を話しても大丈夫ですか？」

「ええ、大丈夫です」

先生が手書きのがんの絵を描いたのを見せて話してきた。（↑上の図は私が描き直した絵）

説明の概要はこうだ。

「診断の結果は後腹膜腫瘍《こうふくまくしゅよう》というがんです。大きながんで大動脈と尿管が押され、それによって左の尿管が閉塞、腎臓が弱っています。水腎症というオシッコが出ない状態で、腎臓からオシッコを抜く腎瘻《じんろう》をする必要があります。残念ながら手術はできず、抗がん剤治療しかありません。これからいろいろ検査してさらに詳しく調べます。また、痛みが強いので緩和ケアチームを作ります」

状態が分かったら、一気に心が不安で一杯になった。とにかく「手術できる状態でないこと」「緩和ケアーチーム」という言葉が、心に重くのしかかった。つまり、『末期のがんで治療法は抗がん剤だけ。患部が体の深部で手術も放射線もできない。がんが小さくなる見込みもないから痛みが続く。安らかに死を迎えられるように痛み苦しまない準備をします』ということだと勝手に思った。だから、私は何というへまをしてしまったのか。もっと早く病院に行けばこんなことにはならなかった。自分の元気さにあぐらをかいて、甘い判断で5年間も健康診断を受けなかったことを悔やんだ。『もし健康診断を受けていたらがんが見つかっていたはずだ。早期のがんだったら助かる命だったかもしれない』と思ったが、みんな後の祭りだ。悔やんでも悔やんでも、どうにもならない現実に苦しむしかなかった。

ひとしきり悩んだ後、先生の言った『後腹膜腫瘍』がどんながんで、どんな治療があるのかネットで調べた。珍しい希少がんで10万人に一人と書いてあった。発見が難しく、腫瘍の肥大化が起こす他臓器圧迫による痛み、体調の変化で発見されるがんだと記されていた（国立がん研究センター東病院）。私の場合も同じだ。同じようにして見つかったことで後腹膜腫瘍であると再認識した。心の中で

『末期の後腹膜腫瘍が抗がん剤だけで治るものなのか？治るのが難しそうに書いてある。いやいや難しいに決まっている。末期で手術ができないからなおさらだ。

きっと治らないから緩和ケアチームのことを言われたのだ。ならば、死ぬんだと腹をくくるしかないのか。

後は、ホントに残された時間を大切に生きるしかない。むなしくて悲しいが、前を向くしかない。

悩んでばかりでは何もならない。まずはやるべきことをやろう。考えるのはそれからでも良い』

そう自分に言い聞かせた。人に迷惑をかけて死ぬのは絶対に嫌だ。何事も悔いが残らな

いように死にたい。25年間がんと闘った妻が、亡くなる前に「ありがとう。ありがとう」と伝えて安らかに息を引き取った。私も妻を見習いたい。それほど素晴らしい最期だった。だから、家族や友人、お客様になるべく迷惑をかけないよう、これまでの感謝を丁寧に伝え、心配させないようにしよう。救急車で運ばれたことや大きながんがあることを言わずに、健康診断で見つかった初期がんとして話そう。


「○○さん、いつもお店をご利用して頂きありがとうございます。

健康診断で初期のがんが見つかり入院しました。なので、治療でしばらく整体ができません。それで予約をキャンセルさせてください。

ご迷惑をおかけしますが、よろしくお願いします。」

「先生、がんが見つかったのか。大変だね。大丈夫？いつも元気だったからびっくりだよ。

しっかり療養し元気に戻ってきてください。予約のことは分かった。

先生がいないと、こっちが困るから。整体ができるようになったら知らせてね。

連絡待ってるから。」

「ありがとうございます。そう言われると元気が出ます。本当にありがとうございます」

「ホント、良くなってよ。待っているから」

ありがたくて、心が泣いた。「元気に戻ってよ」と言われると、嬉しくて心が泣いた。少しずつだが、重くて悲しい心が晴れてきた。

午後、娘が荷物を届けに来てくれる予定になっていた。コロナ対策で面会はできないが、患者宛の荷物は病棟のナースステーションに届け、看護師が病室まで荷物を届ける仕組みになっていた。この仕組みを娘にも伝えてあったのだが、タイミングが悪かったのか良かったのか、ナースステーションには誰もいなかった。それで仕方がないからと娘はのこのこ病室にやってきて、「お父さんいる？」。娘の声を聞いてびっくりした私は、「ありがとう」と言って荷物を受け取った。

「久誉《ひさよ》、ホントは入ってきちゃダメなんだよ。ナースステーションで待っていないと」

「誰もいなかったから、まあいいかと入ってきちゃった」

「そうか。それで入ってきたのか。でも顔が見れたから嬉しいよ。見つかったら看護師さんに叱られるから、早くもどって」と言うしかなかった。何ともいえないドキドキ感が湧いた。

お店からも発酵高麗人参茶を大田さんが届けに来てくれた。私は顔が見たくて、荷物を預けた後病棟のエレベーター付近で待たせ、そっと会いに行った。遠くから「ありがとう」と手を合わせ、手を振った。顔を見るだけで嬉しくなるのだ。

早速、ベッドに腰かけて蓋をあけた。大きめのティースプーンで、直接口に流し込んだ。私は、高麗人参茶がいざという時の頼りだった。経営するお店でも高麗人参を扱っているし、自分の体に合っているし、疲れた時に飲むと体が楽になった。発酵高麗人参茶の瓶を持ちながら

『抗がん剤治療に負けるもんか。

今は発酵高麗人参を沢山飲んで元気になってやる』

ただ高麗人参茶が私の体に合っているからと、こんな気持ちになったのではない。というのは、末期のがんから回復した鈴木一彰君のこと、その時のことを走馬灯のように思い出していた。その出来事が私の希望であり、助かる道はこれしかないと思うほど深くて大

きなことだった。

希望を与えてくれた20年前の出来事
骨肉腫と高麗人参茶の思い出

世田谷在住の鈴木一彰君との出会いは、20年ほど前のことになる。2003年12月8日に末期の骨がんに苦しむ長男の健康相談に、お母さんがお店にやって来られた。事情を聞くと、大学1年になる長男がバスケットの部活で膝が痛くなり、検査をしたら『骨肉腫』だとわかった。その結果、3日もかけて10種類に及ぶ抗がん剤を投与し、その治療を毎週10回もした。残念なことだが抗がん剤による効果や改善は全くなかった。結局、右足ふとももの中央で切断するしかないと言われ、残酷な結果に打ちひしがれるしかなかった。なんとか助かる道はないかと、多方面に尋ね藁にもすがりたい気持ちで一杯だった。

ひょんなことから名もない健康相談員の私も相談を受けることになった。家族のがん体験もあり、がん患者の相談も受けていたので人一倍強い気持ちがあった。家族の体験と東洋医学と本などで調べた医学知識をもとに、患者さんの状況を把握し、ホスピスや終活も踏まえたアドバイスをした。当時は、インターネット検索や情報収集が難しい時代で、がんのこと、がんの治療や目的、患者家族のなすべきことを知ることは大変だった。真意をしっかり伝えるため、間違えて捉えられないように、突っ走って話さないように努めた。また、体の状態を把握するためには、検査や治療をしてもらえる病院との関係が切れないように大切にした。

私はがんの対策は抗がん剤で弱った体の回復と生命力アップが何よりも大切なことを伝えた。東洋医学では、高麗人参が漢方の王様、高貴薬であり、大切な補五臓（肝臓・腎臓・心臓・肺・脾臓）の働きがあって、からだの生命力を高めてくれること、健康を取り戻す力が大きいと書かれていること。体力がなくなると抗がん剤治療が続けられず効果も薄れること。小さく弱ったがんも抗がん剤治療がストップすれば、暴れて手がつけられなくなることもあると話した。だから、今後の治療の継続や健康回復には、疲労回復、体力増強、生命力、食欲を高める高麗人参が欠かせないと説明した。がんに負けないための健康食品は様々あるが、高麗人参をベースにして取り組むことこそ一番良いと伝えた。

また、私の父の大腸がん、肺がんの時の様子と母のすい臓がんの時の苦い体験談を話したりもした。私が仕事の過労がたたった30代後半、お腹や背中にポツポツとかゆい湿疹ができ、夜には咳き込んで朝方まで眠られず大変な時に、高麗人参を勧められて良くなったことも話した。その頃、妻が40歳で左の乳房やリンパにがんが見つかり、乳房を全摘、抗がん剤治療で克服した。しかし、9年後に肺がんを再発したが、病院の治療と高麗人参茶や食養生などで、健康に気を付けて元気でいることを話した。

お母さんは、私が素直に話した内容を理解して高麗人参濃縮茶を購入された。後日、息子さんが高麗人参濃縮茶を飲み始め、毎日10さじを飲んで頑張っていることや、右足の切断手術が正式に12月24日に決まったことを教えてくださった。全部が良い方向に行きますようにと私は祈った。

しかし、翌年の2004年2月になると咳が止まらなくなり、検査の結果、両肺に10個以上の散らばった小さながんと左胸に5㎝大のがんが見つかった。私は『どうしてなんだ。早すぎる、早すぎる』と、何故なら抗がん剤治療を終えてから、まだ数か月なので愕然とした。担当医から「直ぐにも強い抗がん剤治療を再開しないと助からない」と言われたことを知り「悪性度が半端じゃない！高麗人参茶もしっかりと飲んでいたのに。何故？」と

辛くなった。高麗人参茶を飲むことで生命力も、体力も早く戻り抗がん剤治療のダメージを乗り越え、きっと元気になれるとアドバイスしていたのに。

ただ偶然にも、その時、多くのがん患者を助けられた真田元治先生の講演会が後楽園球場の近くであった。真田先生は「高麗人参の神秘」などの本の著者であったので、先生の講演会を紹介すると話を聞いてみたいと、親子で参加することになった。

講演会場の受付で私は初めて一彰君と会った。第一印象は、バスケットをするだけのことはあって、身長も高くすっきりとした好青年だった。慣れない松葉づえを突いてやって来る彼に挨拶をし、一番前の真ん中の席に親子を座らせた。彼は

5〜7分おきに咳をするので本当にヤバイ状態だと感じた。彼は咳をしながらもしっかりと講演に聞き入り、来た時よりも顔が明るく元気になっていた。講演会の内容の多くが末期がんの克服者の体験談であり、患者の様子をスライドに映し出すので、その生々しさが伝わった。

その後、3月26日に親子で来店され、家族で相談した結論は抗がん剤治療を拒否し、高麗人参をベースにやってみたいということだった。一彰君が、「あんなに辛い抗がん剤治療はもう二度と受けたくないんです」と話してきた。効果があると信じていた抗がん剤治療は効果もなく、足を切断しなければならなかったことの苦しい胸の内を明かしてくれた。その裏切られたトラウマが強くあった。だから、真田先生のお話を聞いて、高麗人参茶が飲み足りなかった、もっと高麗人参茶を飲んでいたら良かったと感じたのである。

それで、私は覚えたばかりの話題のMNL療法のオーリングテストで、高麗人参茶がどれくらい必要なのかを検査した。彼の手のひらに飲んでいる高麗人参茶の量を入れた小袋を載せてオーリングテストしたが全然力が入らない。『やはり足りなかったんだ！』さらに、もう一袋を追加したが変わらない。ようやく数袋を載せた時に手に力が入るようになった。真田先生が言われるように、末期がん患者には一人一人に合った量があり、鈴木君には数袋の量が必要だと感じた瞬間だった。


「一彰くん、力が入る量は分かったよね。毎日飲んでほしいと（体が）言ってるんだね? 飲めるかな?」

「大丈夫です。やってみます」

「お腹がビックリして下痢や、好転反応が起きるかもしれない」

「大丈夫です。」


辛かった抗がん剤のことを思えば、これぐらいのことは軽いことだと感じるのは当たり前なのかもしれない。私は、最初に飲み始めた量が足りていなかったんだと分かった。だから、担当医が言ったように半年もせずにがんが再発した。飲む量に問題があったと分かったことで、鈴木親子と希望を分かち合った。彼はしっかりと量を多くして飲んでくれたが、私は心配で毎週のように彼の状態をチェックした。高麗人参の効果が少しずつ現れ、良い方向に向かっていた。4月末にはがんの現状が知りたくて、病院の検査を受けに行ってもらい、鈴木親子はゴールデンウイークの後に結果を聞きに行かれた。担当医は検査結果をみて話しかけられた。

「鈴木さん、がんが小さくなっています。一体どうされたんですか？　何をされたか教えてください」

「高麗人参茶と食養生のお陰だと思います」

「そうですか。そんなことが（効くのだろうか）。もっと悪い状態で大変なことになっていると思っていたのに、本当に驚いています……。

だから、お母さん、（助かるために）それを続けてあげてください。」

担当医のお話を聞いた私は小躍りし、喜びで胸が高鳴った。翌月の検査ではさらに状態が良くなっており、10か所以上もあった肺がんの影が消えた。このことで、高麗人参を摂る量が本当に大切なんだと悟った。もちろん一人ひとりに合った飲む量や飲み方があり、少ない量でも結果が良いこともあるし、もっと多い量を必要とするときもあるだろう。だからこそ、量を見極めることがとても大切だと分かった。

その後の彼は、命を神様からもらったように感じたのは言うまでもない。彼は早く元気になって、絶望の淵にいる末期がん患者に希望を与えたいと、先を見据えてしっかりとりハビリに励み、食生活も大事にした。毎週のように整体にも来てくれたし、共に戦った戦友のようにも、自分の子供のようにも思えた。翌月の検査でもさらにがんが縮小したので、がんを克服して生きる希望を見つけて本当に明るくなった。

（※古来、高麗人参は漢方の王様と言われ、珍重されてきました。ただし、このような効果が、どの人にも当てはまるという保証はありません。）

突然訪れた一彰君の死

順調に回復していた一彰君だったが10月はじめのことである。夕食後「何だか頭が重いから、ちょっと休むね」と言って自分の部屋へ行った。11時過ぎても出てこないので、お母さんが心配になって見に行くと、ぐったりしている一彰君を見つけた。

直ぐに救急車を呼んだ。なんとすでに息がない心肺停止状態になっていたのだ。救急車の中でも病院でもスタッフが全力で心臓マッサージや蘇生に当たった。私にも直ぐに電話があって、慌てて病院に向かった。ただただ驚きで混乱していたが、一彰君が蘇生復活して一命を取り戻すことを祈った。

大切な我が子のため、必死に尽くす愛情深いお母さんを見てきた私は「神様本当に助けてください。お願いします」と叫んだ。しかし、みんなの必死な祈りも思いも報われることなく、希望は奪われ悲しみが溢れた。検査の結果、一彰君の死の原因は脳出血だった。辛くて受け止めきれない、心の整理が全くつかない時間が流れた……。

話は変わるが、一彰君のお父さんのことも話したい。今も一つの教訓として、私の心にしっかりと残っていることがある。人の心や思いを知るのは誇りがたく、時として大きな勘違いをしてしまうことを。

お母さんが高麗人参をベースとする治療のことを説明して欲しいと、ご主人を連れて来られた時のことだ。ご主人は一彰君のがんのことを良く調べ理解され、担当医の説明からも治らないものと諦めておられていたのであろう。だから、本人が望む高麗人参をベースとする治療に反対はしないが、何か傍観者のような冷たい態度であった。母子で回復を信じて高麗人参茶を沢山飲もうとしているのに、ご主人の態度がどこか冷たく見えて辛くなった。ご主人には、安くはない高麗人参茶を理解し金銭的に助けてもらいたかったのだが、人の弱みに付け込んで、買わせようとしているように感じていたのだった。そう、助かる見込みなどないと感じているご主人にとって『民間療法なんかで治るものか。金をつぎ込んでも無駄。そんなことで決して治るがんではないのだ』と。気乗りのしないのも無理はない。ただ、私は一彰君の気持ちを思うと残念で仕方なく、薄情な父親に見え辛く悲しい気持ちになった。

しかし、元気を取り戻していく一彰君の姿や、担当医の「がんが治るかも知れない」という言葉によって、ご主人は変わった。高麗人参を受け入れられたのである。ある時、カウンセラーの福元先生が「ご主人、ご主人は息子のことを思うと悲しくて涙を沢山流した夜もあったんでしょう。本当に辛かったでしょう」と話すと、その場で涙をポロポロ流された。「本居さん、息子のことを思わない、そんな冷たい父親ではなかったよ。良いお父さんよ」と福元先生に言われ、人を見る目のなかった自分を恥じた。

『母は強し』と言うが、必死にご主人と一彰くんを支えたお母さんの起こした奇跡でもあった。

お店のスタッフと一緒に

痛みが消えて元気を取り戻し始めた

再び、私自身のガン闘病の話に戻ろう。

2日間苦しんだ痛みが、病院の薬が効いたのか3日目にようやく落ち着いてきて楽になった。また、発酵高麗人参のお陰か食欲も戻って、からだ全体が良い方向に向き始めていた。3日目に新しい患者さんが病室に来たため、私はナースステーションの前にある電話コーナーに足を運んでは、手当たり次第思いつくままに電話をかけた。明るく笑ったりして話せるまでになったことが嬉しかった。

最初に、病院に発酵高麗人参を届けてくれた大田万里子さんに電話した。お店の経理もする店長代理の大田さんには、小学4年生を頭に男の子が

3人、子育て真っ最中だ。これから大きな負担を背負わせることを詫びたい気持ちで、

「大田さん、体が落ち着いて、痛みも取れたから安心して。

病院の中でも精一杯できることはやるから。

お店で困ったことがあればいつでもメールして」

「痛みが取れて良かったですね。でも、心配しないでください。

助け合ってみんなで頑張ります。

それより所長！

治療に専念してください！お願いします、それが一番です。

元気に戻ってきてください」


『治療に専念してください！』の一言が胸に突き刺さった。思わず、泣いてしまった。

病人は人一倍感受性が高い。こんな思いやりの言葉をぶつけられたらひとたまりもない。

優しくなりたくなるし、みんなを暗くさせたくない。心も丸くなる。だから、相性の悪い人や気まずい人にまで優しくして、禍根を残したくないと思うようになる。嫌な人にも入

院を伝え、これまでの失礼を詫び、感謝の心を伝えることもできた。『憎しみが憎しみを生むように、愛を感じれば愛の心を生む』。優しく心を開いて電話をすると、どの人も優しく受け入れて励ましてくれた。それが多忙ゆえの外交辞令の返答だったとしても、冷めた気持ちで受け取らずに感謝の心で対応できた。

大切な取引先の井上社長はとても立派な人格者だが、何故かソリが合わない関係の一人だった。しかし、驚くことに私のがんを知ったら、すぐ発酵高麗人参茶を送ってきてくださったのである。ビックリしてお礼の電話をしたら、名古屋弁?の人情味のある話し方。妙に心地よく、打ち解けて話せたのには驚いた。思えば妻の葬儀の時にも参席して涙を流してくれた人である。仕事の時に見る姿と違って、懐の深さを改めて知った。

また、他にもお世話になったからと、お見舞金をくれる友人や知人の多さに感動した。中でも、私のために発酵高麗人参茶があちらこちらから届いて3年分にもなっていた。

他にも、親しくさせていただいている八幡神社畑中宮司夫人から「ノニジュースが体に良いから、治るまで飲んでね。飲み放題で良いから」と言われた。また、友人の一人は話題のライフウェーブのパッチを張り放題で体に貼って良いからと送ってくれた。

こうして、私は鈴木君に負けないように、発酵高麗人参茶を同じように、いやそれ以上に毎日飲んだ。何もしなければ余命数か月と言われた末期がんに、悠長に構えている時間はない。飲んで体にある元気スイッチを入れ、がんと戦う体にするんだ。これしかないと考えていた。

また、みんなの優しさに包まれた私は、本当に幸せものだと感じ、振り返れば振り返るほど嬉しさがこみあげた。ありえないことだと思ったが、死の淵にいる不安よりも、感謝の気持ちが強いのだ。キリスト教会に通っていた私は、困った時にお祈りをするのだが、信じられないようなこんな祈りをしていた。

「神様ありがとうございます。
私は十分です。もう大丈夫です。
みんなから、こんなにも愛され、励まされ、慰められて…
こんなに嬉しいことはありません。心にしみています。
がんで死の淵に立っているのに不安も怯えもありません。

心が平安なのが不思議で信じられません。こんな自分、ありえません。
神様のお陰としか言えません。神様に全てお任せします。
どうか平安な心で、為に生きる心がなくならないように。
神様、神様。お願いします」

大学の先輩からの励まし

電話での会話になるが、大学の大先輩の大塚ご夫妻の励ましが、とても面白くて感動してしまった。何故かその時は、入院の経緯を正直に話して、私のがんが10万人に一人の珍しいものであり、末期の状態だと伝えた。家族やお店のスタッフは知っているが、先輩にも本当のことを伝えたかったのかも知れない。明るく笑って話したからだと思うが、しばらくの沈黙の後にこう言われた。

「本居くんは10万人に一人の珍しいがんか。
俺は昔から本居くんが１００万人に一人の変人だと思っていたよ。

末期がんなので心配したが、なのにこんなに明るく話してくるのには驚いた。今思った。本居くんは１０００万人に一人の変人がん患者だ。こんながん患者は世界広しといえどきみしかいない。

だから本居くんは、がんなんかに負けない気がする。頑張れ、きっと治るよ」

私は10万、１００万、１０００万という言葉を上手に入れて話される。そのセンスの良さに感心。一緒に笑った。

電話を切って、私は絶対がんに負けない。打ち勝ってやると力が湧いた。

7月21日、一時退院の説明

担当の先生から一時退院の説明があった。

「体の痛みも抑えられ、落ち着いてきているので、23日にから28日まで一時退院して良いですよ」

「良いんですか？」

「ただし、通院で26日にＰＥＴスキャン検査と、泌尿器科を受診してください。28日は検査結果と治療方針について説明をします」

退院できることがこんなにも嬉しいものかと思った。さっそくみんなに連絡をする。なかでも娘が、

「お父さん、7月いっぱい休みを取ったから安心して」

と言うので驚いた。

気が早いというか、大胆というか、ここが娘の良いところだと感じた。娘いわく、保育園の職場の上司も仲間も理解して、休んだら良いと応援してくれたそうだ。本当にありがたいことだ。

7月22日、腎臓を守るための食事指導の時のこと…愛する心で

弱っている腎臓を守るために、食事の摂り方の説明を受けに行く。体が少し楽になると、何もしないでいる病院生活がつまらない。というのも、何の治療もなくて、ただ痛み止めを飲んで病室にじっと籠っているだけなのだから。これからのことを心配してもどうにもならないし、どうなるのかも分からない。歯がゆい気持ちになって、気分転換がしたくなる。それで、食事指導の先生と何か楽しい話ができると良いなと思った。

先生の質問に対して多めに話をし、入院までの経緯や食生活はもちろんのこと、整体の仕事や健康を生きがいとしていること、趣味、やりたいことまで話した。先生の指導が終わると、先生に向かって

「先生、お時間少しありますか？　どこか痛いところがあれば整体しましょうか？5分から10分の整体で楽になりますから」

「えっ、そんな短い時間で。すみません。

最近首が辛いのと、膝が痛くて歩くのが辛いんです」

と言われたので、その場で首と膝の治療をすることになった。こんなことを病人がすることだろうかと思いつつ、先生の前にしゃがみこんで膝の状態を確認した。自分のお腹に少し痛みが響くが、問題はないだろうと気にもかけずに施術をした。

「先生、少し歩いて足の感触を確かめてみてください」

「ホントだ。確かに、楽になってますよ」

笑顔で言われた。喜んで感謝してもらえると力が湧いて、嬉しくなって元気が出るものだが、病人こそ、必要とされ感謝されることで存在価値や意味を感じて力が湧くものである。

また、退院後の諸注意を説明してくれた看護師さんとも笑顔で話した。最近、足の裏が痛くて困っていると言うので、同じようにしゃがんで整体をすると喜んでもらえた。このことで入院生活の過ごし方が分かったような気がした。ためらわないで心を開き、整体をして人の為に生きようと思った。

7月23日、一時退院当日

退院の朝、梅雨も明けて蒸し熱いギラギラした天気だった。昨日から退院できると思うと心が落ち着かず、目が覚めるのも早い。気になって時計を見ても、時間のたつのが遅く感じる。退院の手続きをすませ、待合室で待っていると、娘の他、5人の友人が病院に迎えに来てくれた。中でも私の通っている教会の教会長がいらっしゃったのには驚いた。みんなの心配をやわらげたかったので、車の中で、今回の入院からの経緯を元気に説明した。発酵高麗人参を飲んで元気になって希望を感じていること、みんなからの励ましが心に響いて嬉しくてたまらなかったこと。そして一番伝えたかったこと、私が離脱することでお店がつぶれないように応援して欲しいことをお願いした。

お店に着くとスタッフみんなの温かい笑顔の出迎え。1週間もたたないのにお店が新鮮に感じられ、戻ってきた喜びが湧いた。白井さんから可愛いひまわりのブーケを頂くとみんなから拍手。会計の大田さんが、私物をきれいに整理整頓、洗濯の必要なものは洗濯して綺麗にたたんであって、そのまま運べるようになっていた。そんな細やかな思いやりが心に沁みた。良いスタッフに囲まれ、幸せ者だと感じた私は、これからもみんなと一緒に

頑張りたい。絶対死にたくない。絶対にがんを克服してみせるんだと心に誓った。

お店のみんなで食事をしながら歓談の時を持った。もっともっと楽しみたかったが、次の予定があった。それは、畑中宮司夫人と一緒に80歳になる氏子さんの傘寿のお祝いに行くためだった。私の作った手作りのお祝い額を直接手渡すためである。私の趣味の一つに、みんなを喜ばせるための記念のお祝い額を作ることがあった。一人一人の人生の歩みを聞いて、名前の一つ一つの文字を使って言葉にする(左の写真)。それを受けとった方が、そこに自分の人生を感じ、自分を誉めてあげて喜んで欲しいと。

平野さんはキリスト教の教会学校で牧師さんから沢山の愛を受け、いつしか恩返しをしたいと考える方だった。だから、牧師さんの大好きな蜂蜜、新鮮で美味しい蜂蜜を食べてもらうために蜂蜜屋を始めた。とても義理堅く、人情深い方である。

ご主人の名前の1文字1文字を使って、ご夫妻の歩みをつづる詩を作った。もちろんそれは宮司ご夫妻の依頼品だから差出人の名前は宮司ご夫妻になっているお祝い額なのだが、私にも感謝の言葉を頂いた。私が今日退院したことを知ると、お返しにと私と娘に美味しい国産の蜂蜜をくださった。

そんなこんなでようやく長い1日の予定を終え、友人の寺本さんに車で送ってもらって家に着くと、6時をまわっていた。寺本さんは朝の退院から、ずっと付き合ってくれた。振り返ると感謝しか浮かばない。こんなにも温かく迎えられ、思わぬ気遣いに心が染み、みんなの姿を見て、私はなんという幸せ者なんだと、とても嬉しかった。家に帰り、この6日間の出来事を走馬灯のように思い出した。みんなの思いやりが嬉しくて神様の前に感謝の祈りを捧げた。

思えば、助かる見込みが万が一なくなっても、やれることは必死にやる。悩んでいるより、今なすべきことをするんだ。私の妻は死に際でもしっかりと意識があって、みんなに「ありがとう」と言って目を閉じ、眠るように天国に行った。私もそのようになりたかった。

妻ができたことを自分もやって、『俺もできたよ』と言って妻の傍に行きたかった。死ぬのなら安らかな気持ちで死にたいとあこがれていた。それに、健康指導する私が簡単に死んだら情けない。みんなに勧めた高麗人参茶が不信されてしまう。韓国に与えられた神様の神薬、漢方の王様の高麗人参に傷がつく。だから発酵高麗人参茶を思いっきり飲んで、がんを克服する道しか私にはないと思った。

7月24日の朝の夢

目覚めるまえに夢を見た。光輝く青空の下、さわやかな美しい緑の草原をなんとも気持ちよく走っていた。だから、目覚めたとき「きっと助かる！」と感じた。正夢だ！奇跡を起こすしかないと希望が胸にわいた。

また、痛み止めの薬がきいてほとんど痛みはなくなり、発酵高麗人参茶を飲んだお陰か体は軽くなって元気を取り戻していた。

素晴らしい担当医と1時間向き合った

7月28日、検査結果と今後の治療方針を聞くために、次男と娘の3人で診察室に入った。救急の担当であった総合内科の先生から血液内科の先生に変わった。それは後腹膜腫瘍ではなく血液のがん、悪性リンパ腫と分かったからである。新しい先生は物腰の柔らかいしっかりした若い女医さんだった。

「詳しい検査の結果、本居さんのがんは悪性リンパ腫の『びまん性大細胞型B細胞リンパ腫（非ホジキン種）』で第三期と分かりました。どんな状態なのか説明しましょう。」

ペットスキャンの画像（がんの所在が分かる画像）を見ながら、

「光っているところにがんがあります。よく見てください。腹部全体、頸部《ケイブ》リンパ節、腋窩《エキカ》リンパ節、鼠径《ソケイ》リンパ節などほとんどの所が明るく光っています。

全身にがんが点在しています」（画像を見せられないのが残念。写真は診断書の写真）

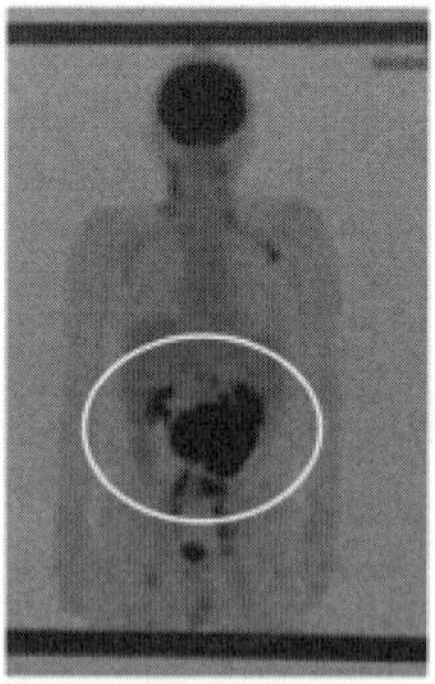

2022年7月26日のペット検査。
お腹の黒い部分ががん。

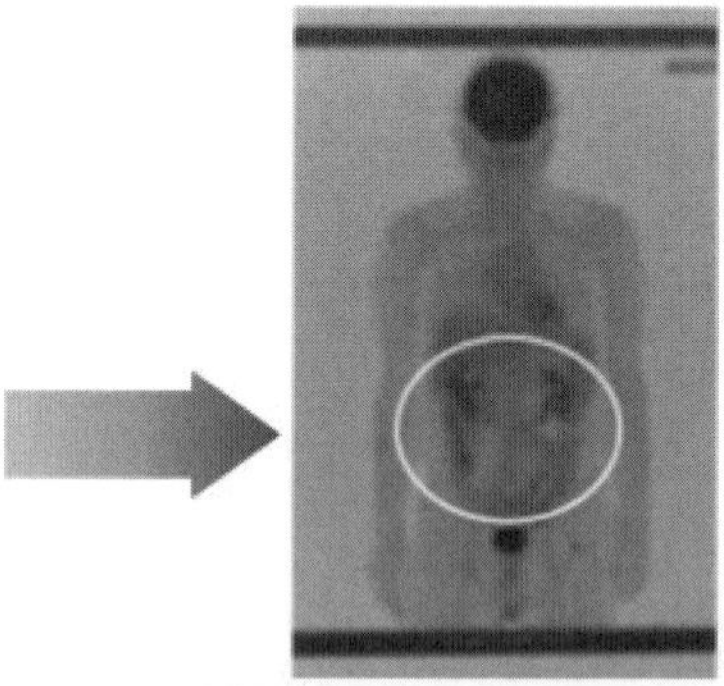

2023年2月3日のペット検査。お腹の
黒い部分がほとんど消えている。(寛解)

説明の要点は深刻な末期のがんだということだ。

「また、後腹膜に大きなリンパ腫瘍（大人のにぎりこぶし二つ分ほどの大きさ）があります。

大動脈、左尿管を巻き込んで尿管がつまりオシッコが流れません。腎臓にオシッコが貯まる水腎症にかかっています。

そのため、腎臓を助けるための腎瘻《じんろう》と言って、腎臓から貯まったオシッコを抜く手術が必要な状態です。また、悪性リンパ腫は血液のがんなので手術して治るがんでもありません。

抗がん剤治療しかありません。ですから、早急に腎瘻の手術と抗がん剤治療を開始しないといけません」

「う〜ん。そうですか」

体のほとんどのリンパ節や腹部の半分が白く明るく光っていた。（このような形で説明を受けた。医療センター資料）

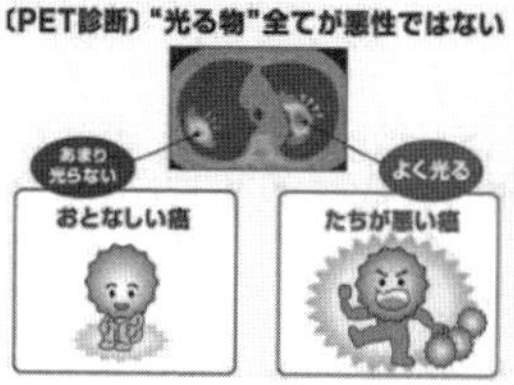

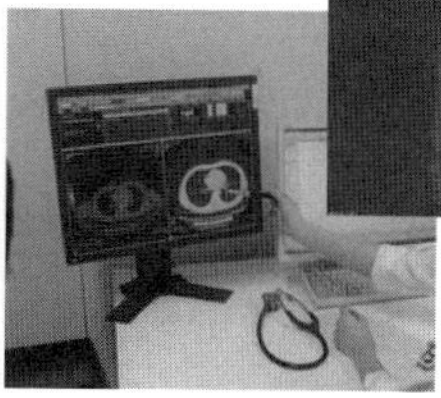

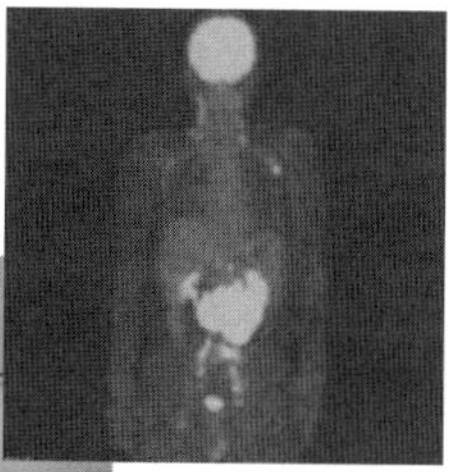

私の画像

次に、先生はどうしてそんなことになったのか聞いてこられた。

「本居さん、体が何かおかしいと感じたことや体調の変化はいつ頃からありましたか？」

私は今年の初めから体力の衰えを感じ、ランニングなどで鍛えようとしたけれどできなかったこと。4月頃には疲れやすくなり食事がおいしくなくなったこと。6月になって〝病気？〟と感じるようになり、がんじゃないかと思って病院に行こうと思ったこと。そんな矢先に、お腹に激痛が走り、7月18日に救急車で運ばれたことなどを話した。

「ところで先生、悪性リンパ腫はどんながんなのか、教えてください」

「悪性リンパ腫は血液のがんです。血液の中のリンパ球ががん化し、リンパ節などで増殖して塊を作る血液のがんです。

そのため血液を作る骨髄を治す治療は抗がん剤しかありません」

「先生、抗がん剤の効果ってどれぐらいですか?」

「そうですね、約60%（5年生存率）の方が回復しています。本居さんの場合は水腎症もあり、末期なのですぐに治療しないと危険です。

治療はR-CHOP（アールチョップ）という、5種類の抗がん剤を使います。この抗がん剤のお陰で生存率が良くなりました。

1　R＝リツキシマブ（ピンポイントでがん細胞を攻撃、がんの縮小）
副作用…感染症、アレルギー（体調で投与回数など管理）
1　C＝シクロフォスファミド＝エンドキサン（がん細胞増殖抑制）
副作用…間質性肺炎、膀胱炎
1　H＝ドキソルビシン（がん細胞成長抑制、死滅）

副作用…脱毛、悪心、食欲不振、吐き気や嘔吐、心不全、心毒性

1　O＝オンコビン（細胞の有糸分裂を阻害）

副作用…末消神経障害、手足のシビレ、便秘、腸閉そく

1　P＝プレドニン（免疫抑制作用）

副作用…糖尿病、高血圧

抗がん剤治療を始めると骨髄抑制により白血球が減って感染症になりやすすく、赤血球が減ると貧血や心不全を起こしやすく、血小板が減ると出血しやすくなります。

そのため感染症対策のため無菌室の病室で過ごします。さっそく明日入院してください。まずは腎臓に貯まっているオシッコを抜く腎瘻《じんろう》の手術をし、次に抗がん剤治療を始めます。」

もっと詳しく知りたい私は質問を続けた。

「どんなふうにがんは小さくなるんですか？」

「他のがんよりは早く小さくなりやすいです」

「先生、それはどうしてですか？」

「かたい肉腫のがんは他の臓器に大きな損傷を与えたりしますが、リンパ腫は進行が早く柔らかめの肉腫なので他の臓器を傷つけたりすることはほぼありません。

本居さんのリンパ腫は腎臓や尿管を圧迫するほど大きいですが、抗がん剤が効けば小さくなるのも早いがんです」

「先生、セカンドオピニオンに行きたいのですが、行けますか？　色々知りたいので」

「それは無理です」

「どうしてもだめですか？」

「だめです。

本居さんのがんは説明したように月ごとに大きくなります。からだ中にがんが広がっていて進行も速いので直ぐに治療しないと危ないんです。

腎臓も弱っているし時間が本当にありません。何故なら、抗がん剤が腎臓から排出されるので、腎臓が悪いとダメなんです。これ以上腎臓が弱ったら、抗がん剤治療もできなくなりますよ。

分かりますか？

何にもしなければ余命数か月の体なんですよ。しっかり言うことを聞いてください。抗がん剤治療は、腎臓が抗がん剤を排出するからできるんですよ。腎臓がダメになったら助かる道が無くなるんですよ。

いいですか、どうしても、セカンドオピニオンに行きたいと言われるなら、まず腎瘻《じんろう》の手術をして、抗がん剤を打ってからにしてください。

そして、体調が落ち着いたらセカンドオピニオンに行ってください。そうでないと絶対に許しません！」

「絶対に？」

「はい」

最後に、10日間余り発酵高麗人参を飲んでいた私は先生に質問した。体が少し楽になっていたので、どこか良くなっている点がないか、発酵高麗人参の効果を確かめたかった。

「先生、救急車で運ばれた時よりも、少し良くなっていませんか？」

「ほんの少し良くなっているところもありますが、水を飲んでもこうなることもありますから」

軽くいなされ、地獄に落とされた気持ちになった。一生懸命飲んだ発酵高麗人参茶を否定された気になり、時間のゆとりなど一切ない、緩和チームを作りますと言われた私はショックで返す言葉がなかった。私はがんで死ぬんだと感じ、最後のお願いをした。動けるのが今しかないのなら、したいことをするしかないと思った。


「先生3日間の猶予をくださいませんか。したいことがあります」

「3日もですか? 何をするためですか?

今なら明日入院して手術をし、直ぐ抗がん剤治療ができます。本居さん、悪いですが3日後に入院できるか保証できませんよ。

コロナ禍の状況も考えてください。院内でもし何かあったら入院もできません。

責任を持てません。今なら大丈夫です、本居さん」

先生が医師として最善の治療を勧めてくれているのが分かってありがたかったが、

「先生、そうかもしれません。

でも説明の内容から抗がん剤の効果がなければ、入院したままになって死ぬかも知れないんですよね。

孫を抱いて遊んだりすることもできませんよね。

お店のことも、まだ、きちんとしていません。お店でないと引継げないことも、山ほどあるんです。」

「本居さん、それをしないとダメなのですか」

「先生お願いします」と頭をさげた。

「分かりました。そこまでおっしゃるのなら、仕方ありません。

ただし、3日後の入院手続きを1階の入退院窓口で行ってからお帰りください。良いですね。

入院されたらすぐに残っている検査と腎瘻《じんろう》の手術、次の日に抗がん剤治療をしますから良いですね。」

「分かりました。これから手続きにいきます。

無理ばかり言ってすみません。先生、本当にありがとうございました」

先生と押し問答しながら、最終的に認めてもらえてホッとした。強くなったものである。

ふと時計を見ると1時間を過ぎていた。ここまで担当の先生と話ができたので、本当に感謝の気持ちしかわかない。父のがんの時も、母のがんの時も、妻のがんの時も、そして姉のがんの時も20分も話したことはなかった。大概お医師さんの説明を聞いて、質問をして「よろしくお願いします」で簡単に終わった。

だから、こんなに熱い先生を見たのは初めてだし、先生にとってもこんな駄々をこねる患者を見たのは初めてかもしれない。先が思いやられる患者と思われたに違いないと思った私は、先生に恩返しとは言わないまでも、次からは言われることを素直に聞く良い患者になろうと思った。

担当医に立ち向かって話す必要な時もある

私が先生を押し切ったのは実はこれが三度目である。

一度目は1996年の1月。母が末期のすい臓がんで入院した時のことだった。毎週のように金曜の夜行バスに乗って東京から富山の実家に帰り、土日の2日間、母の付き添いをした。病院にいる1日はなんとも疲れるもので、じっとベッドの横で座っている。夜は姉の家に泊まり、帰りももちろん夜行バス。新幹線も走っていないからバスでの移動が楽な時代。こんなことを1か月も続けると、体の芯から疲れる。体が悲鳴を上げた。もちろん月曜から金曜までの付き添いは二人の姉が交代でしていた。東京では考えられない家族の付き添い。結婚している姉たちも家族をさしおいてのことだから大変である。こんな状況を変えるには、母を東京の病院に連れていくしかない。東京の病院の方が田舎の病院よりは良いと説得すると姉たちは受け入れてくれた。親族も了解したが、亡くなったなら必ず田舎で葬儀をすることも約束した。

私は知り合いにお願いして、良い治療を受けられる東京の病院を探した。するとなんとか受け入れてくれる病院が見つかった。転院先を病院に伝え退院手続きを済ませ、病人が乗れるように飛行機の予約もして全ての準備がそろった。そして、その旨を転院先の病院に伝えると、なんとしたことか転院の受け入れ手続きがなされていないと拒否されたのだ。何を言っても、これまでの経緯を説明してもらちがあかなかった。ことが進んでいるのだから、これには流石に私も参ってしまった。

夫婦で解決の道を考え、家の近くにある関東中央病院に転院させてもらうしかないと決めた。大胆にも妻に腹痛の芝居をさせ内科を受診した。内科の先生に、妻ではなく田舎の母を診てもらいたくて、入院させてもらいたくて受診しに来たことを伝えた。もちろんこの病院に入院するための紹介状などなく、預かった資料と紹介状を先生に渡して診てもらった。先生は前例がないことで、転院しないで田舎の総合病院での治療を続けるように諭された。私たちは諦めないで事情を必死に説明し、深々と頭を下げ、何度も何度も頭を下げ続けた。「分かりました。分かりましたから頭を上げてください」と言われ、受診許可がおり、入院もできるようになった。何度も何度も私たちはお礼を言って、その場を後にした。叶わないと思っていたことが何とかなった喜びで一杯だった。こうして母は関東中央病院で診てもらえたが、やはり3か月後には帰らぬ人となった。

遺体を田舎に運んでもらい葬儀を取り行った時、姉や親戚からは「大変やったね、弘志ちゃん。約束守ってくれて本当にありがたいわ。お母さんも喜んどるよ。死に顔もちゃんと見せてくれてお別れできたないけ。こんなに嬉しいことないがや。良かったたちゃ。良かったたちゃ。えらいえらい」と褒められた。

二度目は妻のがんの時のことだった。東京の医大の木村先生には、1992年の妻の乳がん摘出手術と抗がん剤治療をして頂き、9年後に再発した肺がんの時にもお世話になった恩人である。

２００６年の夏のこと、妻の声が甲高い可愛い声になったので、何かあると思った私たちは先生を頼って、退職先の八王子の病院に行った。診察だけでリンパがんと見抜かれ、やはりスゴイ先生なのだと感心した。しかし、「即、入院して抗がん剤治療を開始しましょう」と言われて、私たちは悩んでしまった。

我が家には痴ほう症の義理の母もいるし、大学受験に失敗した二浪中の長男もいた。受験に失敗したその長男は、原因不明の頭痛と腰痛で苦しんでいた。私が整体しても、どこの外科、整形外科、接骨院、カイロプラクティックに行っても良くならなかった。長男は人生最大の試練にあっていた。こんな状態で妻まで治療となると、一体誰がうちの家族の世話や面倒をみるのだろう。私が全てを背負うのかと思うと、やれる自信など全くなかった。だが、妻のがんが早期発見だったため、何とか他の療法で抗がん剤治療を回避できる道はないかと探した。「息子の気持ちを慰め、母親の世話ができるのは私しかいない」と言った妻。

話し合った結果、発酵高麗人参茶と食養生で克服するしかないということになった。あとは、がんの様子を見守って検査、診察してくれる病院を探すだけだ。そんな時、友人から大塚の病院を勧められ相談に行った。院長の渡辺先生は、私たちの事情や治療の考えを受け止め、がんの様子を見守る1か月の猶予を与えてくださったのが嬉しかった。ただし、条件として1か月ごとに定期検査をし、悪化していれば即、抗がん剤治療をするとのことだった。

病院のお世話になることを決めた私たちは、すぐさま木村先生にご挨拶に伺った。「先生、残念ながら違う病院で治療します」と言ったら、とても驚いて嫌な顔をされた。俺が見つけたがんだぞとも言われた。当然のことだと思う。目診と触診でリンパがんと当てられる名医であり、片方は小さな総合病院なのだ。

病院の渡辺先生は、1か月後に詳しい検査をした。高麗人参と食養生での結果は良好で悪化は見られなかった。ただ、1か月間は良いが、最低限の抗がん剤の治療をしないと病院側も受け入れられないとのことで、処方された弱めの抗がん剤を飲んだ。それから半年、お陰様でがんは暴れず寛解の状態となり、息子もなんとか無事に大学に合格した。二つの心配事が解決して、我が家にも平安が訪れた。

（※このような効果がどの人にも当てはまるという保証はありません。）

私はいつもわがままを通しているわけではない。何事も為したい理由を説明し、理解し

てもらい、為すべき時には為すべきことをする大切さを知っている。迷惑をかけたなら許しをこい、許されたことに感謝する物事の大切さをわきまえているつもりだ。

雲の龍神様が現れた

さて、私の治療だが、先生から、無理やり3日間の入院の猶予を頂いたものの、心は決して晴れていなかった。息子が「あの女医さん良い先生だよね。お父さんのだらだら質問や話にも真面目に付き合ってくれてたね。安心してみてもらえる先生だよ」

その通りだ。良い先生に巡りあったと感謝した。

息子と娘の3人で入院手続きの窓口で説明を受

け、病院の施設、入院生活のことが良く分かった。しかし、先生の『何もしなければ余命数か月』と言われた言葉が重く心にのしかかっていた。歩きながら並んで話す子供たちの後ろを、なんとも言えない気持ちで歩いていた。病院の駐車場に向かう途中、何故か無性に悲しくなった。歩くのをやめた。一体どうなるんだろうかと。

その時、ふと、心に思った。こんな時こそ、龍神様が見守っているのではないかと、空を見上げた。すると白い薄雲の中に、真っ白く浮かぶ龍雲を見つけた。すぐに分かる形だった。

『いたぁ！龍神様が私を見守って下さっている。嬉しい。

私は見捨てられていない。きっと何とかなる印ではないか』

胸の高まりを感じ、力が沸々と湧いてくるのを感じた。消えないように、忘れないように、スマホに龍雲をとった。お陰で、かすかに絶望から治るかもしれないという希望を見つけることができた。生きられるかもしれないという希望を…。

第二章　妻と龍神様

妻が亡くなってから始まった不思議な体験

２０１７年10月18日、妻は25年にも及ぶがんとの闘病を終え、65歳で亡くなった。写真は四十九日の喪明けの日、後飾り祭壇のローソクである。不思議なことにローソクの芯が鳩の形になっていた。私は天国への旅立ちを知らせる妻のメッセージだと思った。

息を引き取ってもなお、時に直接、私の胸の中に話しかけてきた妻。だから、妻は生きていると感じ、このローソクは『もう傍にいなくなるから､ごめんね』というお別れの言葉のように思えた。

この25年間の妻のがん闘病生活は思い出深く、その中で知ってもらいたいこともあるので、それを話したい。

妻のがん闘病生活

妻は40歳の時に乳がんを患ってから肺がん、リンパがん、肺がんと三度も再発を繰り返し、25年も頑張って生き抜いてくれて65歳で亡くなった。そのお陰で、子供たちの結婚式や孫の顔を見て天国に旅立った。

その間でしみじみと感じたことがある。それは、子供がいつしか大人になり結婚していくと、最後まで一緒にいてくれるのは妻だけなんだということ。何が大切かと言って、一番この世で大切なものは妻なんだと分かった。勝手気ままに生きる私を見捨てず支えてくれたことに、60歳を過ぎてようやく妻の大切さに気づいたのだった。なんとも鈍い夫だった。

この写真は子供たちが私の還暦を祝ってくれた時のものだが、何とも泣きそうな妻の笑顔が映っている。長くはないと感じている妻だからこそ、こんなお祝いにも気持ちがひとしおなのかもしれない。

60歳の還暦祝い

２０１６年、がんの再発を繰り返していた妻は、肺も心臓も、腎臓や肝臓も弱っていて大晦日に入院した。最後の正月になるかもしれないと思っていた私は、残念でならず淋しさを禁じ得なかった。

入院しても体調がなかなか良くならず、長期に渡っていた。先生に事情を聞いても手をこまねいている内容で歯がゆい思いをしていた。そんな矢先の6月13日の夜、突然呼吸が止まり心肺停止の状態になったという連絡が入った。

「ご主人ですか？奥様が心肺停止の状態になりました。今から緊急オペで人口呼吸器を付け蘇生処置を行います。万が一のこともありますので、至急病院にお越しください」

連絡を受けた私は生きた心地がしなかった。一目散にバイクを飛ばして大塚にある病院に向かった。『良子、行くまで絶対死ぬなよ！神様、お願いします。良子をお守りください。絶対死なせないでください。お願いします』と泣きながら祈っていた。

バイクを止め一目散に病室に走ると、人口呼吸器を付けた意識のない妻がいた。手を握りしめ、体をさすった。しばらくして担当医の先生から説明を受けた。

「大丈夫ですよ。安心してください。
心肺停止状態で危ない状態でしたが間に合いました。
人口呼吸器をはずせないので、栄養は点滴で取っています」

何より生きていてくれたのが嬉しくて、

『神様ありがとうございます。命を助けてくださりありがとうございます』

と。先生にお礼を言ってベッドに戻ると、これからは妻の願うことなら何でもしてあげたいと心に誓った。

しばらくして目覚めた妻は不安な気持ちと淋しさにかられて、病室に私を泊まらせて欲しいと先生に涙ながらに哀願した。先生も気持ちを察し、宿泊許可を出してくれた。そんな不安定な妻の心を察して病院での宿泊が気づけば90日にも及び、先生からは付き添い宿泊の最長だと言われた。

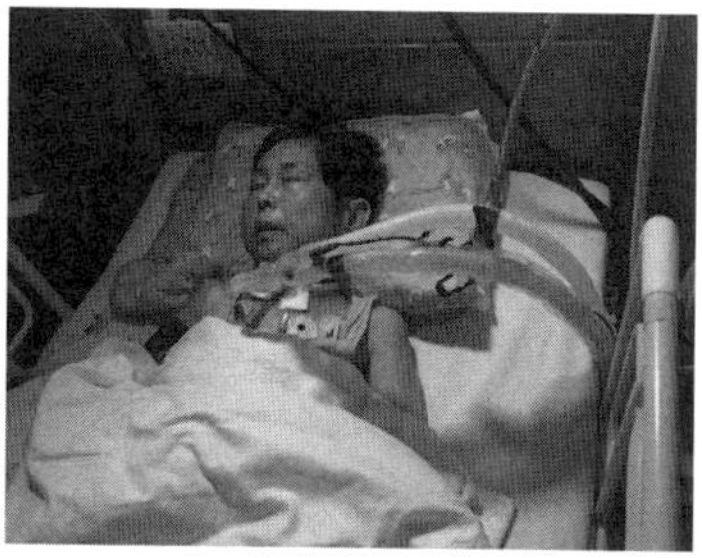
人口呼吸器をつけて眠る妻

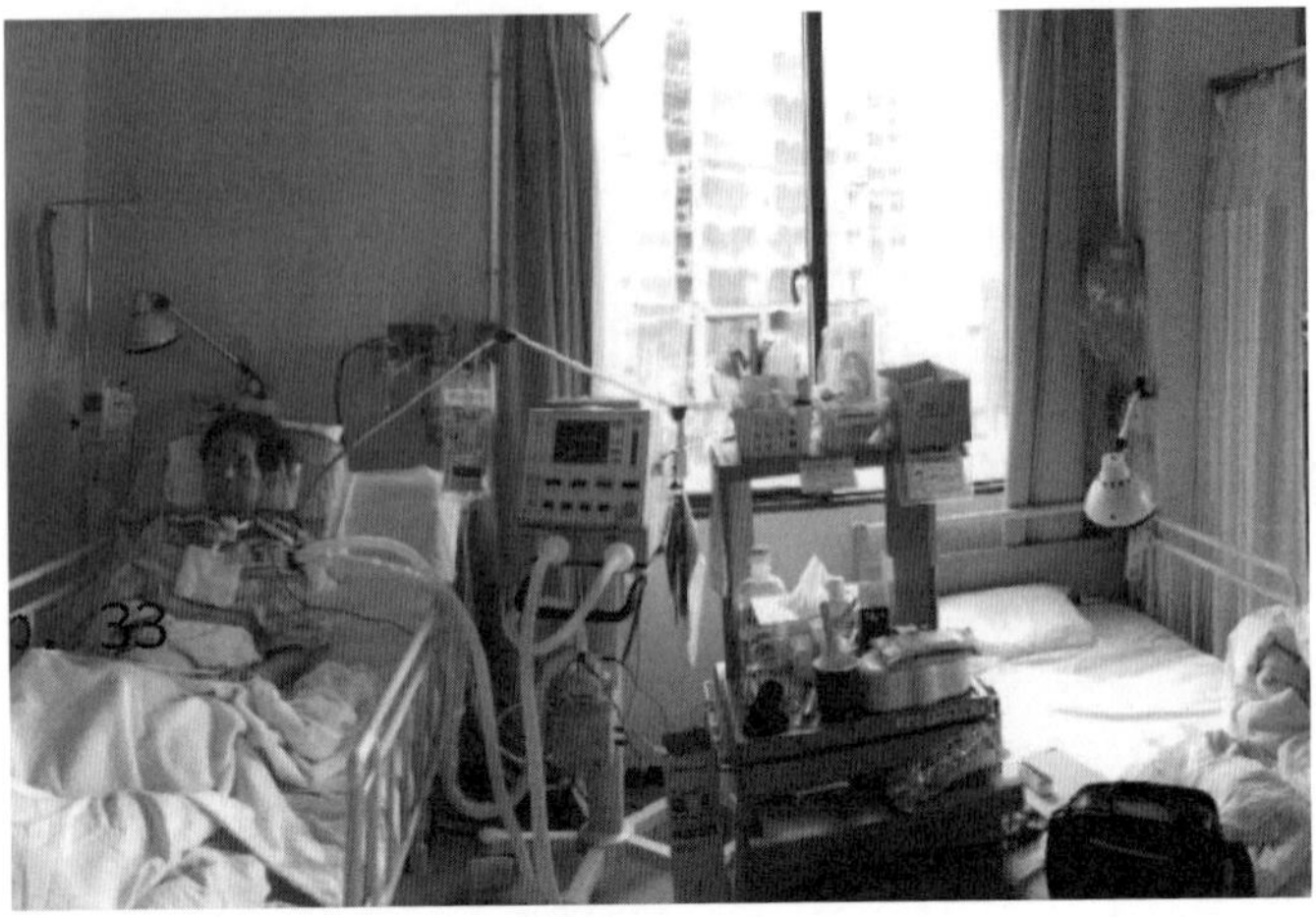

その間、担当医をはじめ看護師、友人知人が、陰ひなたなく応援してくれた。2人部屋で隣りに患者がいないと、『本居さん。簡易ベッドで寝るのが大変だから、隣のベッドで休んでください』(写真)と言ってくださった。妻も私もその優しいスタッフの思いやりに感謝した。

妻は、ベッドに縛りつけられたような身動きのできない生活で、肉体的にも精神的にも苦しんだ。食べることもできないし、話すこともできない地獄のような生活。正常な意識の持ち主が耐えるのは大変な事で、そんな生活がどんなに味気のない、辛い毎日なのかよく分かる。私は、そんな妻のために毎日体をふいてやり、歯磨き洗髪もし、ベッドで一緒に寝て過ごすこともあった。

早く死にたい

1か月もすると、「こんな生き方はもう嫌だ、早く死にたい。生きているのも辛い」。特に、「人工呼吸器を外して欲しい」と、涙目で訴えた時にはどうしたら良いのかと悩んでしまった。妻との会話は小さなメモ帳に文字を書いてやり取りをするが、弱弱しい文字でとても読みにくい。じっくり妻の言いたいことを汲み取って拾い読みしてはうなずいてあげ、ただただ妻の手を握ることしかできなかった。妻はどこか痛くて辛いところがあるわけでもなく、ただただ無駄に思えるような生活、生きている意味のないような時間が続く。私はベッドの傍に毎日寝て、一緒に生活をしながら、懐かしい昔の思い出などを話したりした。テレビを見ても、好きな音楽を聴いても心は晴れない。ただただ、妻は仕事に出かけて戻ってくる私を待つのを唯一の楽しみにしていた。だから「早く来てね」のメールが届かない日はなかった。また、不思議なことに痛みに苦しむことも少なかった。

2か月後には、ほんの少しの時間だが呼吸器を外せるようになり、食べたいものをほんの数口食べることができるようになった。食べたいものを食べさせるために、私は駅ビルやお店などで買い物をした。また、毎日体をふいてやり、歯磨き洗髪もし、一緒のベッド

9月13日のLINEのやり取り

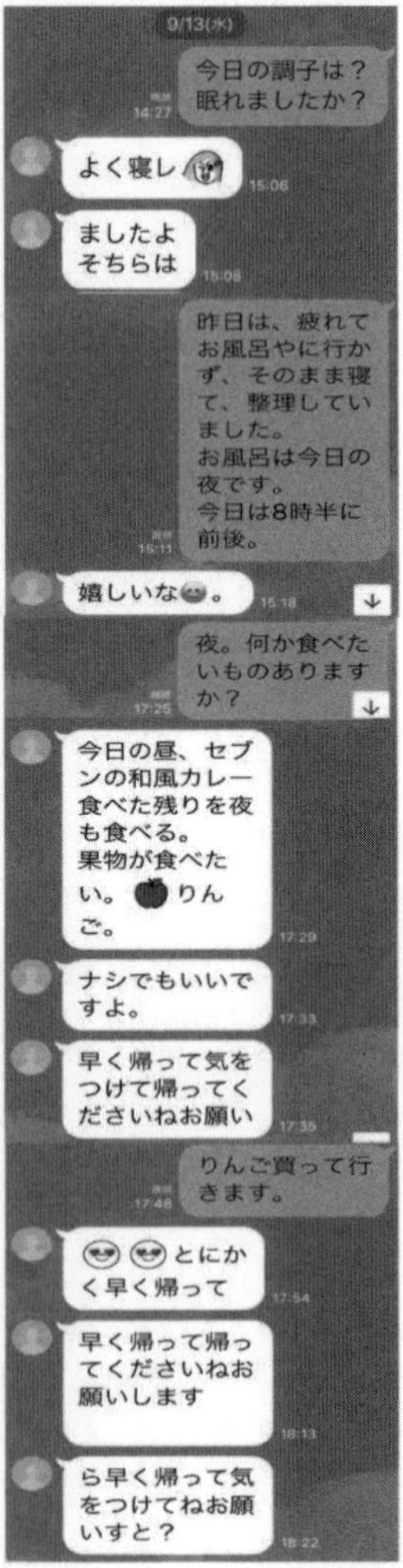

毎日、早く帰って来てねのＬＩＮＥメール。90日間、病院に寝泊まりをしながらお店を続けました。寄り添って話を聞いてあげることが一番の楽しみでした。しかし、10月に入るとそのＬＩＮＥもできない状態になりました。

で過ごすこともあった。栄養は点滴しかなかったせいか、体はみるみるやせて体重は30kgを切った。

70日を過ぎた頃、先生から

「90日以上は残念ですが、付き添いでの寝泊りはできません。病院としても、これ以上されると医療現場の問題とされるのです。その代わり、面会の時間制限を少なくします。奥様が睡眠導入剤の注射をされて休まれるまでは大丈夫です。また、朝8時以降なら奥様の為に、洗面、歯磨きなどのお手伝いも大丈夫にします」

10月になると体調がぐっと悪くなり、医師から後もって1日2日と言われた。慌てて集まれる家族全員を集め、来れないアメリカのシアトルにいる長男夫婦とはＬＩＮＥでお別れの挨拶もした。3時間以上も話していたが、そんな体力が一体どこにあるのか不思議だった。みんなの会話を聞いて、手を合わせては「ありがとう、ありがとう」のしぐさをよくしていたが、疲れた顔に見えたので眠りにつかせた。すると、目覚めることなく、翌朝早く静かに息を引き取った。

死を前に思い残すことなくやり遂げた妻の姿が目に焼き付いている。私にとって寄り添えたこの期間が、大切な大切な宝ものである。

がんに対する苦い思い出から
告知の大切さと、時の大切さを知った

私には苦い思い出がある。両親ががんにかかって気づいたことがある。父の時のことだった。大腸がんの末期の父に対して、家族会議でがんの告知をしないと決めた。何故なら、気は強いが臆病で頭の良い父ががんだと知れば、気持ちが落ち込んで死を早めるのではと皆思ったからである。１９８０年代頃のがんといえばまだまだ怖い病気で、死に至る病いそのものだった。前述したが、私たちは父のがんの体を心配して色々と考えアドバイスをしたが、がんだと知らない父は、「今のままで大丈夫。そんな金のかかることは必要ない。病院の薬で十分だ」と拒んだ。少し元気になると、「体には良くないよ」と言っても夕食の時に晩酌を始める始末。酒豪の父はコップ一杯の酒だから問題ないと言い、タバコも半分なら大丈夫と言っていうことを聞いてくれなかった。２年後に案の定肺がんを再発して左の肺を切除した。その時もがんだと告げず、肺がタバコで真っ黒で取るしかなかったと話した。父はがんだと気づいたかもしれないが、がんじゃないと説明した。それから２年後、脳に腫瘍ができて３か月で亡くなった。死ぬ時に、語り合えもせずに逝った父のこと

を考えると、残念な思いしかない。

あの時がんを知らせていたら、もっともっと体に気を付け、タバコやお酒をやめ、生活も改善して長生きをしていたかもしれない。現に、がんと告知されて生活が一変した人も見ている。

今ではがんを告知するのが当たり前になっている。それは、がんの研究が進み、沢山の種類の抗がん剤ができて、寛解、完治する人が増えたからだ。しかしながら、末期のがんになると、死期を知らせるのは本当に難しく勇気がいるものだ。私の母の場合はすい臓がんで手遅れの状態だったから、みんなで初期のがんとうそをついたが、説明の方法はそれしかなかったと思う。

がんと言う病気は急な体調変化も起こる。すい臓がんの母が急に激しい痛みで苦しみ、「痛い!痛い、痛い!」と何度も叫び唸れば、本人はもちろん、家族もいたたまれない。「何とかしてください」と先生にすがると、「もうモルヒネを打つしかありません。楽になりますがお母さんの意識がなくなりますよ。良いですか?」と言われた。迷いもなく「構いません。早く母を楽にさせてください」と答えた。モルヒネのお陰で二度と「痛い!」と叫ぶことはなくなったが、植物人間の母と話をすることはできなくなってしまった。

しかし、末期のがんでも話せる機会は結構あるもので、大切な思い出や感謝の気持ちも伝えられる。でもなんとなく怖いのである。そんなことを切り出したら死期が近いことを匂わせ、奈落の底に、深い悲しみの淵に追いやってしまうのではないかと。不安になって切り出せないのが人情である。だから、食事を食べるのを励まし、ちょっとしたことを誉め、希望的な言葉で励ますことしかできない。でも分かるのだ。命が長くはないことを。話せる機会や時があっても、その時が急になくなりお別れが来ることを。

がんと分かった家族には、語り合い、思い出を作る時間を作らなければいけないと強くアドバイスをする。たとえ末期のがんと言われても、心筋梗塞や脳溢血と違い、時間的な猶予期間があるのだ。患者が元気に少し動けるときに、無理をしてでも家族旅行や食事会、思い出のある所に連れて行きなさいと。悔いを残さないためにやりなさい、やろうと思えば必ずできますよと言っている。

そう悟っていても失敗することが多いのも事実である。長年のがんとの闘病で体力が徐々になくなっていく妻を思って、12月初め、みんなで2泊3日の正月旅行を企画した。24年間にわたるがんの闘病で妻の体力は限界、これが最後の旅行になると思っていたが、予想よりも早く体調が急変、旅行をキャンセルせざるを得なくなった。そして、大晦日に緊急入院し、正月も家族で過ごせない悲しい結果になった。ずっと退院できず、10月に静かに妻は息を引き取った。

心を確かめられたことが私の宝物です

また、頼ってくれたがん家族とのかけがえのない思い出もある。

健康相談を受けた内山さんの息子さん。22歳の末期がんの息子に死期が迫っていると知らされたのだ。息子さんは筑波大学大学院生だった。その時、私は勇気をもってお母さんに伝えた。

「これまで話してきたことをする時がきましたね。お子さんに死期が近いことを伝えなさい。勇気をもって話しなさい。今話さないと一生悔いが残りますよ」

お母さんは固く決意した。息子に一言切り出しただけで涙がこぼれ落ちた。無理もない。

「ごめんね。
もう何も（処置が）できないの。助からないの。許してね」
「お母さん、大丈夫だよ。わかったから。
泣かないで。お母さんに感謝しているから」

その話を聞いて、私は「お母さん良く頑張りましたね。良く言われましたね」と。

「ありがとうございます。本居さん、ありがとうございます。たった2日間でしたが、
私は満足しています。
元気で息子と共に暮らしていても、どれだけ深い話をしたでしょうか。
この2日間、息子と話せたこと、心を確かめられたことが何より私の宝物です。
『恨んでいないこと、ありがとう』と言ってくれたことで悔いはありません。
どんな親子にも負けません。
自慢の息子です。
本居さん、本当に勇気を与えてくれてありがとう」

このことがどれほどの力を私に与えてくれただろうか。心を割って話すことが如何に重要で、大切なことなのか教えてくれた出来事である。こんな風に言われたら、本当に悲しい結果でも心が救われるのだ。

良子の遺品に対するアドバイスから龍神様の写真が撮れた

龍神様が見守ってくださっていることはすでに述べたが、さらに不思議な龍神様との出会いを話すことにしよう。

お世話になっていた太子堂八幡神社の畑中信子宮司夫人は

「先生、奥様の整理した遺品をゴミに出したら駄目だよ。ちゃんとお焚き上げしてあげないと可哀そうよ」

と助言してくださった。

それで、２０１９年１月13日の「どんど焼き神事」にお焚き上げをしてもらうために、段ボール箱一杯の遺品を詰めて行った。その時、「どんど焼きの写真を撮って欲しい」と

龍神の形の神炎

頼まれ、お焚き上げ儀式の様子を撮り始めた。いよいよお焚き上げの時、その燃える様を撮った写真の1枚目が龍神の形をした神炎（写真）になった。この時、背後から炎に向かう強い風（神様の風）が何度も吹いて炎が舞い上がった。その他にも、狛犬、猪の形をした炎が撮影できた。

畑中一彦宮司が、撮ったいろいろな写真を見てこう言われた。

「龍神だけでなく、狛犬や猪まで撮れたのは奇跡です。神様のお陰ですね」

私がお焚き上げを撮った写真は20枚もなかったので、なおさらそのように感じた。

龍神様の写真を奉納

宮司夫人は

「きっと奥様が働いてるのよ。本居さんを一生懸命、見守っているのよ」

と言われ、その通りだと思っている。そして、２０１９年４月28日、龍神様の写真を太子堂八幡神社に奉納する運びとなり、現在は、社殿の中の壁に飾られている。

それ以来、お焚き上げの時や、何かの時に龍雲を見たり、写真に撮ることもできた。思えば龍神様にご縁ができたのは妻が亡くなってからのことであり、天国から私を見守って応援している気がしてならない。

私は幸せ者だ。

太子堂八幡神社のどんど焼き神事の写真

雲の龍神様

龍雲との出会いは、世田谷区にある世田谷山観音寺で行うイベントのご挨拶をしてお屋敷から出た時のことである。不思議な空だなぁ～と思って何気なく写真を撮った。後で見るとそこには観音様と天に昇る龍神様が映っていた（P90写真）。

その日は平成最後となる日、２０１９年３月31日のことだった。余りに分かりやすい観音様と龍神さまの姿の写真に感動した。

感動した私は世田谷山観音寺の太田執事にこの写真を奉納したいとお願いしたところ、快く良いとのご返事。４月25日、無事奉納させて頂くことができた。写真を診てもらえれば分かるように、本堂の祭壇中央は聖観世音菩薩、両脇には脇侍仏ではなく、五つの爪を持つ五爪の龍が侍っている。この龍は最高位の龍とされ、皇帝のみが用いることが許される龍。

故に、写真はまぎれもなく本堂の祭壇そのものを現した貴重なものだと言えるだろう。

世田谷山観音寺に写真奉納

第三章　再入院と抗がん剤治療

7月31日入院前日

お店のこともなんとか任せられるようになり、親戚、友人知人にもほぼ連絡できて、やるべきことを30日までに済ませることができた。私も子供たちも『一緒に遊べるのが最後になるかも知れない』と思って、31日の日曜、よみうりランドの隣りにある植物園「HANABIYORI」に出かけた。可愛い孫たちとの楽しいひと時、みんなの優しい思いやりに包まれながら、こんな時間がずっとこれからも続いて欲しいと素直に思った。喜びを噛みしめながら、ありがたくて、嬉しくて神様に感謝した。

妙見様という仏は、常に真北を指す北極星を神格化し、人生の道を導き開く開運の守護神である。そんなことにもご縁を感じて心に刻んだ。お祈りを終え、ふと地面を見るとハート型の小石が目に止まり、「心を大切にせよ」と言っている気がした。

短くも有意義な3日間を過ごせたことで、改めて神様の導きを感じ、心おきなく治療に専念することが私の使命だと思った。

7 月 31 日植物園
「HANABIYORI」に
家族みんなで

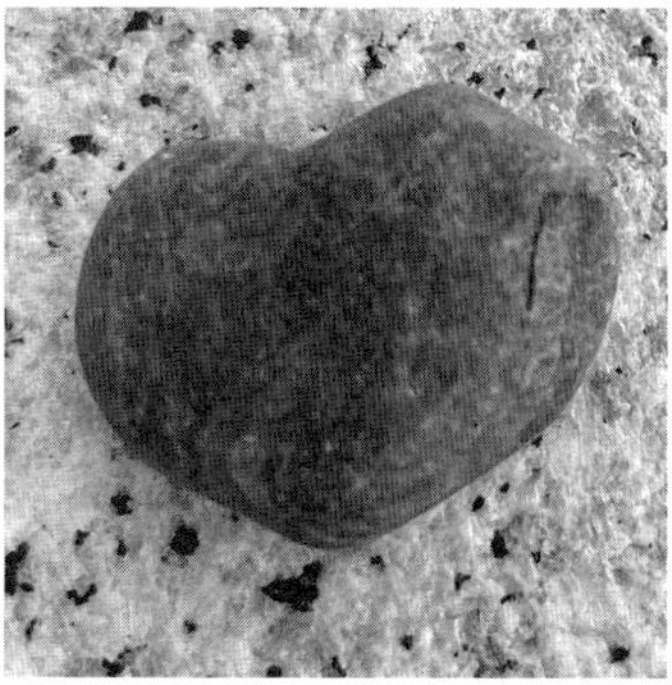

ハート形の石を発見

入院前に整理して分かったこと

1

感謝する心で苦難に立ち向かうことで道は開ける。
死ぬようながんにかかっても感謝できる心があれば、不安や恐怖があっても、
それ以上に前を見つめて行く力が生まれる。
一番怖い死だって怖くなくなり
何事にも立ち向かえる勇気が湧いてくること。
自分の弱さを乗り越え、自分を信じ、希望を見つけ、行動力がでるようになる。
感謝の気持ちを人に伝えれば伝えるほど明るくなり、
さらに感謝する喜びが湧いて
人の心に伝わる力が大きくなること。

1

感謝の心は、恩返しの心、愛の心を生む
感謝の心は愛されていたことに気づくところから始まる。
日々の事象や出会いの中に、多くの愛と導きや出会いを感じ智慧が与えられる。

1

知識の知恵でなく、物事を深く理解する智慧である。

感受性も豊かになり、人が気づかないことも感じるようになる。

愛されたことを知るから、恩返しをしたくなる。


感謝すると日々の出来事に出会いや導きを強く感じる。

神さまや仏さまを感じる。


優しくされたら愛を感じるのは当たり前のことである。

しかし、嫌なこと辛いことがあっても、感謝すれば嫌なことが辛いことにならないのだ。

すべて意味のないことだと感じるのだ。こんな名言がある。

「天は自ら助くるものを助く」

「神は越えられない試練を決して与えはしない」

感謝の心があるとき、不幸の中に希望を見つける力がある。

不幸の背後に、神さまや仏さまの願いを感じる心の広さがあり、立ち上がろうとする。ただではヘコまないのだ。
信じることは決して弱いことではない。
苦難に立ち向かう力がそこには秘められている。
キリスト教で、こう説いている。
信仰は希望を生み、希望は愛を生む。
自分を頼るしかない者は、誰からも支えられることがない。
現実しか見えないものは逆境に弱く、現実に押しつぶされやすいと。

8月1日（月）再入院、腎瘻《じんろう》の手術

入院当日は娘が付いてきてくれたが、コロナ禍でナースステーションの前で淋しく別れた。面会がもうかなわないと思うとなごり惜しかった。

スーツケースの中には、衣類や生活用品、パソコンの他にもちろん発酵高麗人参やノニジュースなどを忍ばせていた。先生が「健康食品は入院中は全部やめてくださいね」と言

入口のビニールのカーテン

ベッド上の天井の空調器

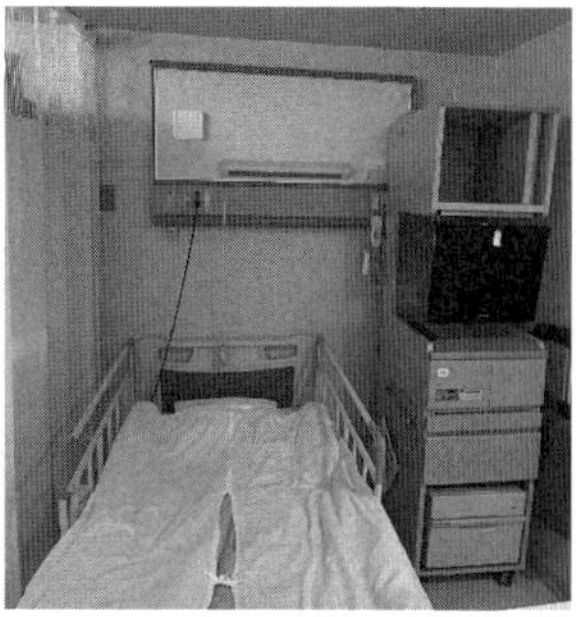

ベッド回りの様子

われたので、「はい、分かりました」と言ったが、全く守らない悪い患者だった。どうしても発酵高麗人参茶が飲みたいのだ。棚に置いておくわけにもいかず、見つからないようにスーツケースに入れたまま、そっと出して密かに飲むことにした。後日、1年後の検診の時にそのことを先生に話した。勝手な振る舞いをしたことを先生にお詫びしたら、

「そうでしたか。本居さん、それはいけませんね。でも、無事に回復したから良いです」とお許しくださった。

与えられた病室は4人部屋の無菌室だった。抗がん剤治療を受ける悪性リンパ腫の患者の病室は無菌室になっていて、写真のように廊下の空気が中に入らないようにビニールで囲われている。そして各ベッドの天井にはクーラーに似た形をした空調の機械が付いていて、無菌の空気が噴き出す仕組みになっているらしい。廊下も準無菌状態で、病院のロビーや

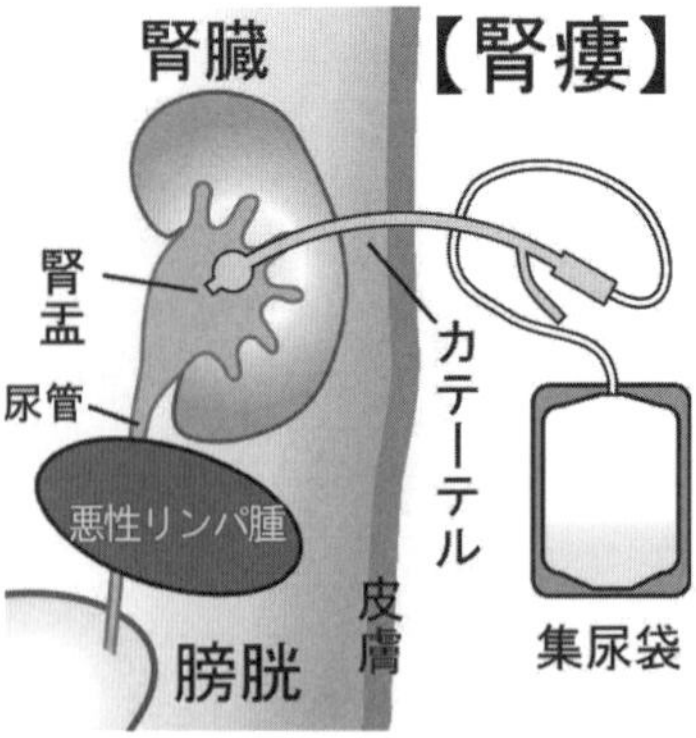

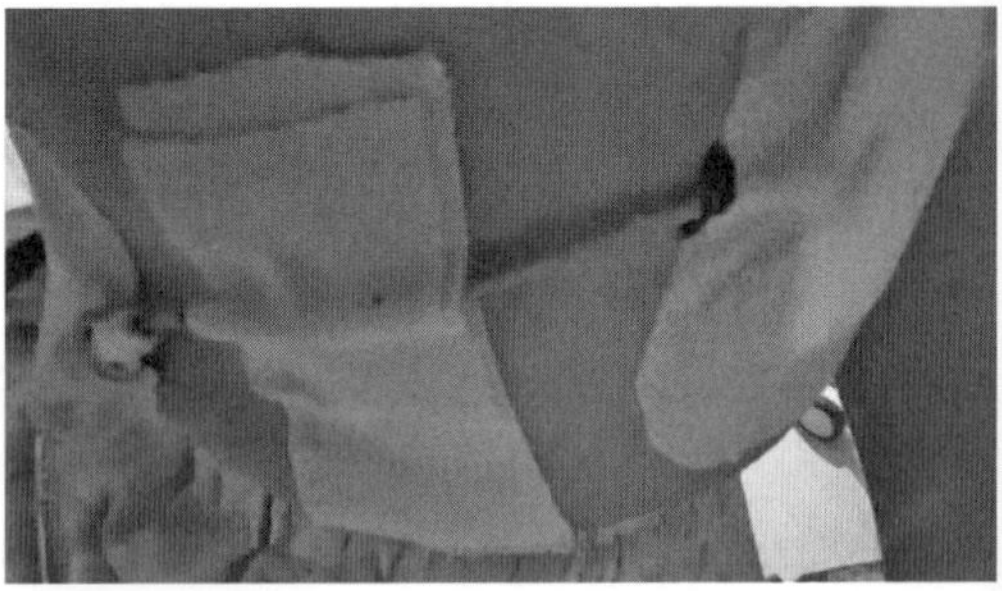
左腹部と背中

他の階とは違っている。何よりも白血球の少なくなったがん患者を感染症から守るために、病棟全体に施されているのだ。
病室に落ち着くと、さっそく骨髄検査と腎瘻の手術が待っていた。緊張の中で車いすに乗せられ、看護師が検査室まで連れていってくれた。骨髄検査は部分麻酔で行われ、意識がしっかりしたままだった。先生がＣＴスキャンを見ながら骨盤の数か所から骨髄液を取り出すのだが、ぐっとお尻に刺されるととても痛くて辛い検査である。痛みに耐えるのがやっとやっとで、思わず唸り声をあげると、先生や看護師から優しく声をかけられた。
病室に戻り昼食を取った後、まだおしりが痛む中、「腎瘻《じんろう》の手術ですよ」の案内。今度も車いすに乗せられ手術室に向かうと、泌尿器科の先生が待っていた。先生はＣＴスキャンを見ながら、背中から管を腎臓の中まで挿入、オシッコが管から出てきた。無事終わったが、途中、体が痛くてのけぞりそうになった。「う〜」とうなり声も上げ、痛くて涙がこぼれ落ちた。そんな中でも好奇心旺盛な私は、ベッド横のCTスキャンの画面を、先生がその画面を見ながら腎臓に管を刺しこんでいくのをチラチラと見た。手慣れた感じで、上手にやるもんだな〜と感心するしかなかった。ただ、終わったあとは刺された腎臓のあたりが痛くてうずく中、車いすで病室に戻った。後日、どんな状態なのか見たくて、スマホで写真を撮った。

明日は、こんなボロボロな体の状態で抗がん剤をするのかと思うと、心細くなった。2〜3日のゆとりが欲しい。その期間があれば腎臓の痛みも和らぐだろうに、こんな状態で明日やるのかと思うと不安になった。

8月2日抗がん剤治療の日

いよいよ抗がん剤の日がやって来た。先生から改めて説明があった。「本居さんの弱っている腎臓には負担が大きくかからないように、2回に分けて行います。来週、R-CHOP療法のR＝リツマキシブをします。頑張りましょうと」励ましを受けた。前日からなんだ

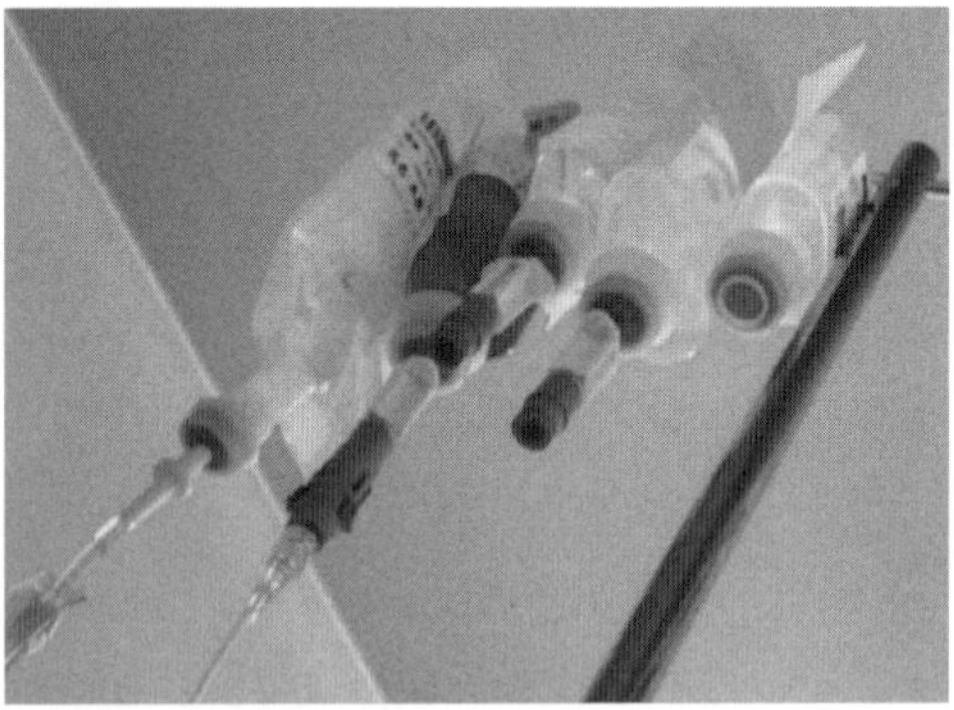

全部で８本の点滴

か気持ちが落ち着かない。隣のベッドの小弾正（50代の方）さんが心配して話しかけてきた。小弾正さんは私が受ける抗がん剤治療をすでに受けていて、その時の体験談を話してこられた。

「本居さん、抗がん剤は辛いって聞いてますよね。本当に辛いもんです。

8種類の点滴だから5時間以上はかかると言われたんですが、私の場合は、12時間もかかっちゃって大変でした。途中で気分は悪くなるわ、古傷は痛むわ、体もうずいたりで、最悪ですわ。そのたんびに点滴速度を落としたり、場合によっては休止したり。だから終わった時はもうヨレヨレですよ。私も何とかなりましたから、本居さんも元気出して頑張ってくださいよ」

痛々しい生の声を聞けば『やっぱり、そうなんだ』と不安な気持ちになった。苦しくても、負けないで頑張るんだ、私は神様や龍神様に守られているんだ。良子も天国から見守ってくれていると自分を励ました。

また、この日のために、浴びるように発酵高麗人参茶を飲み、心を平安にさせるために聖歌を毎日聞くことにした。こんな時、聖歌を聞くとなんとも心が落ち着くものである。普段聞くことはほとんどないが、病室で聞くと何故か心に響いて休まった。

私は色々なことを感じていたので、感謝の気持ちで抗がん剤治療を受け止めようとしていた。脳にはエンドルフィンという素晴らしいホルモンがあり、笑いや幸せを感じると沢山出て痛みを和らげ生命力もアップさせることが分かっている。逆にストレスを感じるとカテコラミンという体に良くないホルモンが出てしまう。妻の良子の闘病生活を見てきた私にとって、ストレスが如何に良くないかを学んできた。どうしようもないストレスは心にも体にも悪影響をもたらすことを。

楽しく笑うことで血流が良くなり身も心も温まるが、悲しかったり辛いと思うと血流が落ちて体温も下がってしまう。だからこそ「笑う門に福来る」なのである。私は、心と体に向かって何度も言い聞かせていた。

『抗がん剤は神様からのプレゼントだから大丈夫。感謝しよう。

体を良くするには、もうこれしかないから。

辛いけど大丈夫、大丈夫！

神様と龍神様、良子が守っているから』

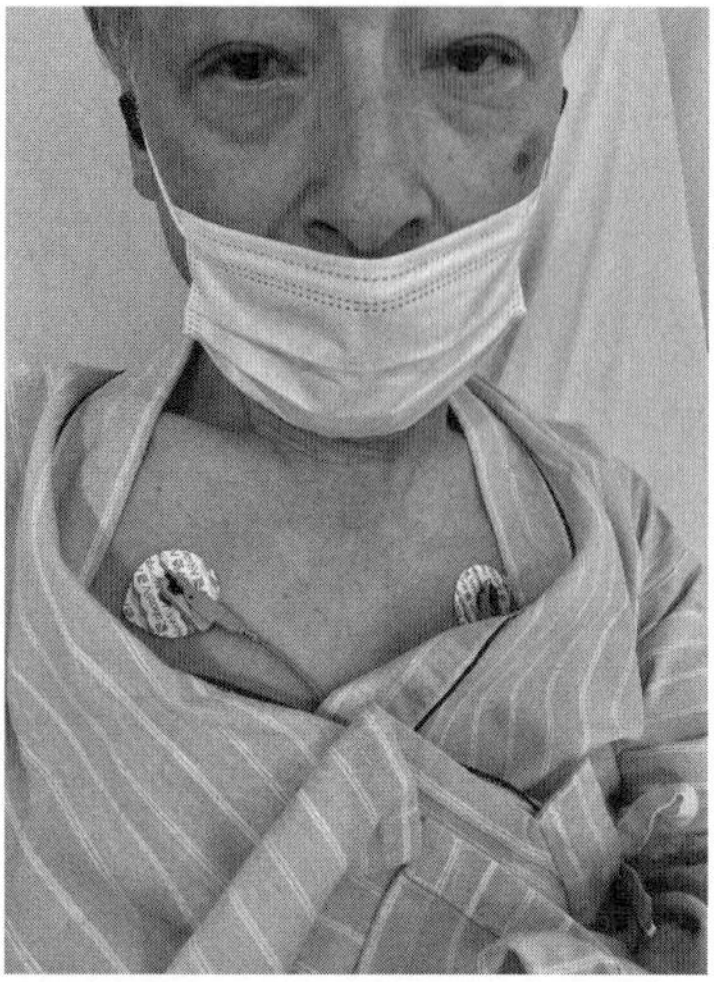
点滴の時、体の異状を感知するために
心電図の機械がつけられた

いよいよ看護師さんが、抗がん剤の概要と注意事項や、病室で行うことを伝えに来た。

最初に、心電図の器具が体に装着されると、一気に不安が広がった。私はブルートゥース・イヤホンを耳に付け、聖歌を流し心を落ち着かせた。

「本居さん、はじめに吐き気止めとアレルギー止めの点滴をします。

辛いと思ったらナースコールをしてくださいね」

アレルギー止めと吐き気止めの点滴は、抗がん剤の副反応を押さえるために最初に行う。それから、抗がん剤になる。はじめは、どれもゆったりとしたスピードで始め、体調に変化がないことを確認すると正規のスピードで点滴をする。看護師は患者に声をかけ、様子を診てから処置を行う。私の場合は、どの抗がん剤も辛くなく、何もかもが順調に進んだ。ただ、どの抗がん剤なのか覚えていないが、こんな説明を受けた。

「本居さん、この抗がん剤は極めて強いんです。辛くて体が動いて、針が抜けてしまうこともあります。そうなると、抗がん剤で皮膚がただれ、反対の腕に点滴をしなおさないといけなくなります。辛くても手を変に動かさないように。辛かったら呼んでください。その時は点滴を緩めたり、止めたりしますから」

その説明が私を不安におとしいれる。思えば抗がん剤は毒薬であり、がんを殺す殺虫剤のようなものである。虫がバタバタと苦しがるように体もそうなるんだと合点するしかない。点滴袋を見つめながら、体に向かってつぶやいた。

『大丈夫？ ビックリしないでね。

がんを治すため、神様がくれた薬だから。
大丈夫。大丈夫。大丈夫だよ』

胸やお腹を何度もさすりながらこう言い聞かせた。
何事もないまま順調に点滴が進み、予定通りの5時間で終わった。
辛くてぐったりするどころか、辛くなく終わったことに驚いた。

『がん患者で抗がん剤が辛くなかったと言う人は絶対にいない。
辛くて嫌だという人だらけなのに、何故なんだ。
すごすぎる。何故こんなに楽だったんだ？
神様が守ってくれたのか？
それとも発酵高麗人参を飲んだから？』

発酵高麗人参茶の凄さを感じた私は、抗がん剤治療が続いても負けない気がした。無事終わって心が落ちつくと、お腹がすいていることに気づいた。昼を食べてないことに気づき、夕食時間が待ち遠しかった。隣の小弾正さんとも話したが、ただただ驚いていた。夕食はもちろんキレイに完食した。

心配して訪ねてきた先生と話したが、先生には発酵高麗人参茶のこと、神様と龍神様のこと、良子のことを話すことはしなかった。何故なら、忙しい先生に理解してもらうだけの時間もゆとりもなく、混乱させると思ったからだ。

「本居さん、抗がん剤は順調で辛くなかったようですね」

「ありがとうございます。そうなんです。

心配とは裏腹に全然辛くなかったんです、先生」

「そうですか。スゴイですね」

「きっと抗がん剤が合っていたんだと思います」

「先生、ありがとうございます」

「食事は食べられましたか？」

「はい。昼を食べてなかったので、お腹が減って全部食べちゃいました」

「元気ですね」

「先生、色々ありがとうございました」

抗がん剤が辛くないという患者を、先生は見たことがないと思った。先生の態度から奇跡が起こったと確信した。その夜みんなにこの出来事を伝えた。

抗がん剤のことを詳しく話して辛くなかったと話すと、受けた人は「ホントなの？嘘でしょう」と聞き返してくる。本当のことだよと説明しなおすと、「スゴイねェ～」と答えが戻ってくる。話せば話すほど、みんなが驚くので、発酵高麗人参茶のお陰、神様と龍神様、良子のお陰と思うしかなかった。

（※古来、高麗人参は漢方の王様と言われ、珍重されてきました。私のような効果がどの人にも当てはまる保証はありません）

8月3日天使が来てくれた

抗がん剤治療の後に不思議な体験をした。私はキリスト教会に通っているが、聖霊の奇跡なのか、天使の奇跡なのか、私の詰まっていた尿管にオシッコが流れ始めたのである。

信じられないことだと思うが、体験し感じたことなのだから間違いのない真実である。

夜の12時頃、目覚めた私はベッドで「し瓶（病院などで寝たままでオシッコができる器具）」にオシッコをした。抗がん剤を終えた後は、沢山水分を取って抗がん剤を外に出すように言われていた。だからオシッコが出た時は水分を必ず取っているので、夜中に何度も起きてしまう。

用を終えて、再び寝ようとしたその時。目を閉じるといつもは暗くなり何も見えなくなるのに、幻が見えた。目を開けると病室の景色、目を閉じると別の空間に。何度も繰り返してもそうなるので、目を閉じて別の世界を見ることにした。

天井の形は古い洋式造りのようで、私の寝ている周りは薄く輝く人影に囲まれていた。ベッドの周りも少しキラキラと輝いている。一体何が起ころうとしているのだ？

白い影は天使？それとも何なのだ？目を凝らしてもぼんやりしていて良く見えない。でも、不思議に不安や恐怖は感じない。白い人影は何かを始めようとしていた。良く見えないので、なすがままに上を見つめて時が過ぎるのを待った。しばらくすると、何かが終わったのか白い人影が去って行ったので目を開けた。不思議な体験をした。いつもと変わらない病室に安心し、目を閉じた。すると、今度は先ほどまで見えた世界が何も見えない。「え

〜！」と驚いたのは無理もない。本当に不思議な体験である。

私はベッドから起き上がり、

『何だ、これは』

きっと天使が来て何かをしたんだと思った。教会長が入院前に「医療天使にお願いしたから、天使が助けてくれますよ」と言われた。まさかと思っていたが、そうなったら良いなと思っていたが、本当に現実に起こったのである。

私の整体のお客様にガブリエル大天使に助けてもらったことがあると話す皆川牧師がいる。ここで、皆川先生との出会いを話したいと思う。先生は91歳であったが矍鑠《かくしゃく》としておられた。1年前の脳梗塞による後遺症で半身不随、歩行困難で苦しんでおられた。お客さまからの紹介で、先生の住む相模大野まで、2週間に1回のペースで整体に行った。91歳の先生の生涯は波乱万丈そのものだった。岩手の隠れキリシタンの末裔で由緒正しき家柄の先生、聖霊体験も天使に出会ったことも聞かされた。通っていた教会から天啓のなすがままに独立、新しいキリスト教会を創設、長年に渡って神の声を伝えるために奔走された。年も年で体も不自由で牧師を辞めようと思ったら『辞めてはいけない』と神の声があったそうだ。

「こんな体でまだ続けろと？」

「そうだ。やることがまだ残っている」

と言われたのだ。それで体を良くしたいと整体の先生を探しておられた。そこに、私が行った。だから、「私の体を治すために神様が遣わされたので使命があります」と、確信をもって言われた。

実は、私が整体を始めた頃にも同じようなことを言われたことがある。家から2時間以上もかかるので、整体に通うか通わないか迷っていたお客様がいた。クリスチャンだったお客様はどうしたら良いのか祈ったら『通いなさい』と答えがあったという。だから「治してくださいね、先生」と言われたのだ。その時から、私には整体をする天命があるのかもしれないと思った。私は遠くてもお願いしますと言われれば、訪問整体をする覚悟でいた。

整体をしながら皆川先生の波乱万丈の歩みを聞いて、色々話していると。

『本居先生、天使はいますよ。神様もいますよ。本当です』

私は半信半疑で聞いていたが、先生はまじめにその時のことを語られた。また、私のことを息子のように思って下さり、妻のがんのことを話すと「お祈りしてあげなくては」と言ってくださった。父親のような雰囲気の皆川牧師だった。こんなこともあって、私のところに天使が来たのかもしれないと感じるのも分かって頂けるかもしれない。

奇跡が起こった

ベッドから起きて色々考えていると、詰まっていてオシッコが出ない左の尿管へ、ほんのりと温かい水が下に向かって流れていくのを感じた。もしかして、これは腎臓のオシッコが尿管を通っているんだ。そうだ膀胱へ流れていくオシッコだ。間違いない。まぼろしで何をされたか分からなかったが、治しに天使がやってきたんだ。教会で私のために祈ってくれている家族や友人知人のお陰だ。医療をする天使がいると言われて信じていなかったが、まさか、本当とは?何より感謝の祈りを始めると、ぽろぽろと涙がこぼれ、むせび泣いた。

今も、あのオシッコが流れた感覚を忘れてはいない。

『ひょっとしたらこれはがんが小さくなったということ?
そうだ!それに違いない。
がんが小さくなったから尿管の圧迫がなくなり、オシッコが流れ始めたんだ。
いやいやそんなこと、前日の抗がん剤のお陰かも?
でも、そんな早く効果がでるものか。
天使が治した?
きっとそうだ』

単純な私は、人生の初体験で心が躍り寝付けなくなってしまった。

『本当に流れたのなら、下から出るオシッコの量が増えるに違いない。そして、腎瘻から出るオシッコ袋のオシッコの量が減るはずだ』

私はオシッコの量が、オシッコと腎瘻のオシッコの量が1対1の割合だと気づいていた。右の尿管に詰まりがないため右の腎臓のオシッコは普通に出て、左の腎臓のオシッコは全部排尿袋に貯まる。我ながら良いことに気づいたと感心した。翌朝、その量を比べると、排尿袋のオシッコの量が減って、トイレのオシッコの量が増えていた。昨日見たこと、起きたことが本当だと分かった。

『神様、ありがとうございます。
昨日、奇跡が起こりました。
感謝します。天使を送って下さり感謝します』

と涙を流して祈っていた。

8月4日不運な出来事
怒りの心が感謝に

昔、TBSで外科の名医がタイムスリップして患者を助ける「JIN」という感動の日曜ドラマがあった。その中で主人公は『神は超えられない試練は与えない』と言って、どんな困難にも立ち向かう。困難と思えることでも信念と努力で解決していくのだ。私もそうなのかも知れない。きっと頑張れば克服できるがんに違いない。

4日、昨日の夕方からうんちが出ないので便秘薬をもらって飲んでいたら、朝食の後、尿意と排便のお知らせが急にやってきた。ナースコールを押したが1分待っても誰も来ない。もう一度押したが来ない。『今日は一体どうしたんだ?』と嫌な予感。さらにもう一度。それでも来ない。イラッとする気持ちを押さえて、来ないのなら仕方がないと諦めた。トイレに一人で向かう覚悟をしたが、「トイレに行くときはサポートします」と言った看護師を心の中で怨んだ。

し瓶を持ち点滴スタンドを押し、オシッコを抜く管を体に付けた状態でトイレに駆け込んだ。『良かった。間に合った』と便座に座るまでは良かった。しかし、いざ座るとし瓶が便器に入らないではないか。うんちもオシッコも一緒だからパニックになった。オシッコの量を測ることができない。『どうする。どうする』時間がない。思わず立ち上がった。左手で入院着の裾をつかみ挙げ、うんちが付かないようにし、その手で手すりを握って体を支えた。体はうんちが便器の中に入るように調整し、右手はしっかりし瓶を持って構えた。し瓶からは静かな音がなり、うんちがドボドボと便器に落ちていく。その恰好ったら笑うしかないが、何とも言えない幸せな気分になった。無事終わり便座に腰を下ろした。ようやく解放され

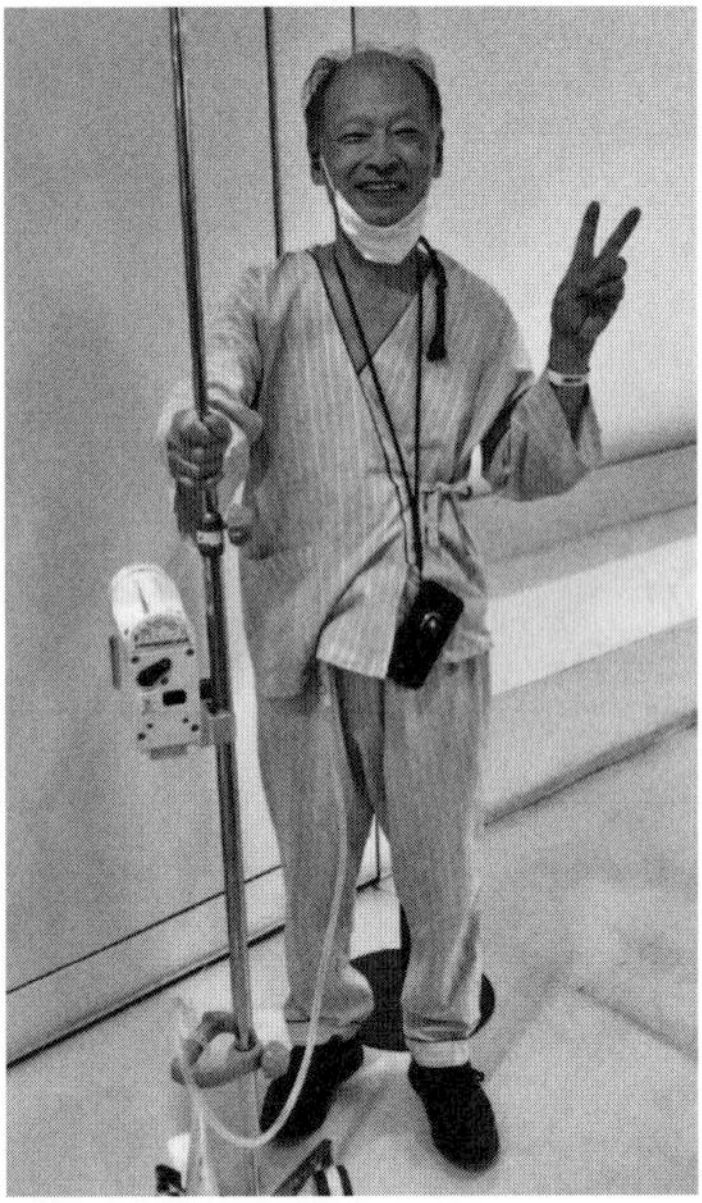
病院の廊下にて

た喜びに包まれた。

『やった、やった。良かった』と自分を誉めた。充足感でいっぱいになった。

人とはおかしなものである。一度笑ってしまうと怒る気になれないのだ。さっきまでは、お世話をしますと言った看護師に怒りを覚え、あたり散らそうと思っていたのに、いつの間にかそんな心が消えている。私は笑ったら怒りの気持ちが何処かに飛んでいき、許せる心になることを知った。よくよく考えると、笑うことによって、心の小さな人間をおおらかで優しい心に変えてしまうのだ。嫌な出来事も感謝すると、幸せなことになるのだ。だから、このことをみんなに伝えたいと思った。笑って伝えると、みんなも笑った。がんになる前には、おおよそ考えられない自分の行動。恥も外聞もない素の自分がいるのだ。変われないと思った気持ちが、一瞬にして変われるんだと納得する自分がいた。もちろん、看護師にも伝えると、『そうでしたか。大変でしたね。ホントにごめんなさい。すみませんでした』と謝ってきた。

少ない人数で病棟の患者を見る看護師さんたち。検温、血圧など患者の体調を調べに毎朝来るが、胸ポケットの携帯が鳴らないときがない。当然、ゆっくりするひまや時間もないことを肌身で感じていた。だから『ありがとう』と素直な笑顔で話せる。

しかし、重症患者の中にはデリケードで不安定な切れやすい人もいる。廊下を歩いていると、ある病室からは看護師を怒鳴りつける声が聞こえてくる。多忙で十分な対応もできず、気の利かないポカをやる看護師もいるだろう。でも、それぐらいにして怒るのはやめなさいと言ってあげたくなる。

8月4日アメリカの長男から待望の男の子の誕生の知らせ

夕方、アメリカのシアトルにいる長男から、無事長男が生まれたとLINEが届いた。予定よりも早く生まれた。その日は丁度、長女のニア（仁愛）が生まれた日でもある。嬉しい知らせに心が躍った。

過去にもこんな出来事があった。5年前の7月末のこと。妻の入院中に医師からこう言われた。

「奥さんの体の状態からすると、お盆を越えられない感じで、難しいと思います」

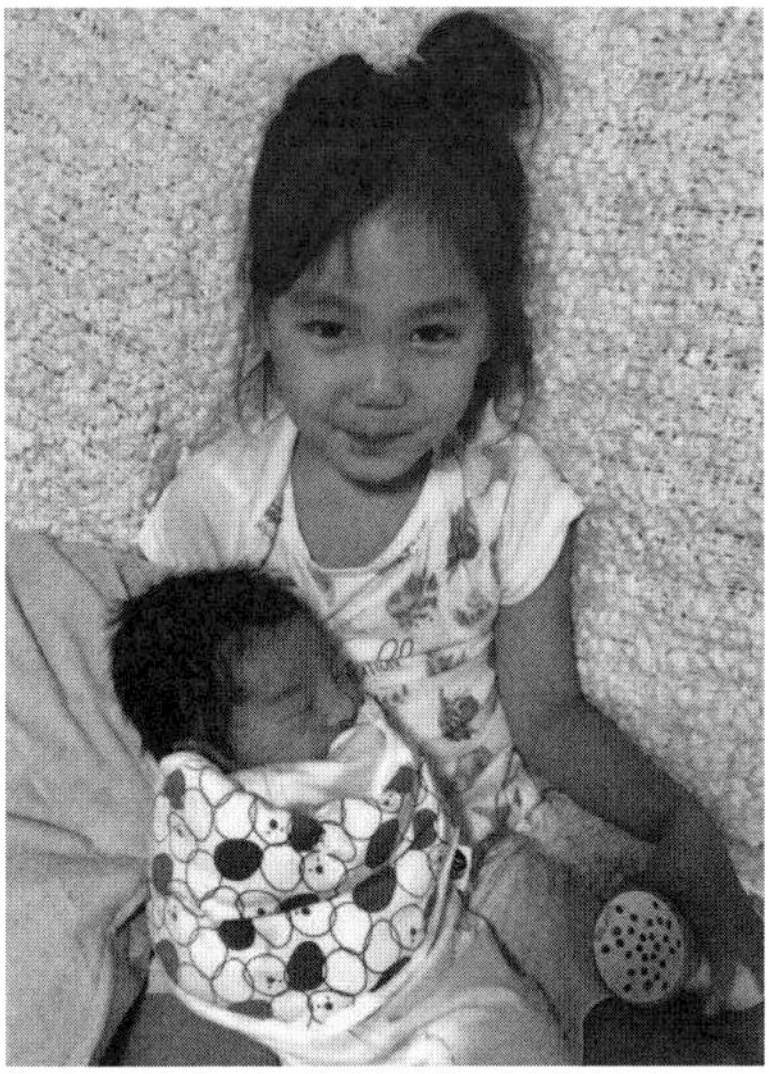

長男の長女と生まれたばかりの長男

「先生、9月までなんとか持ちませんか?」

「厳しいと思います」

「先生なんとかなりませんか」

「無理だと思います」


こんなやり取りをしたのには理由があった。もうすぐ生まれてくる孫の顔を見せてやりたかったからだ。長男の長女の出産予定日が8月19日、次男の長女の出産予定日が9月7日。もうすぐだから、なんとしても妻に見せてあげたかった。

ところが嬉しいことに、長男の長女のニアは16日も早い8月3日に生まれてきた。妻は、『ホントに生まれたの?ホント?』と目を大きく見開いた。その目が忘れられない。それから、ＬＩＮＥをつなげ、孫のニアの顔を見つめてはタブレットの画面に向かって弱々しく手を振った。感謝の気持ちが溢れた。『生まれる時まで生かさせてください。神様お願いします』という祈りが通じたのだ。

人は心に希望が生まれると生きる力が強くなる。死にかけていた妻にも生気が戻り、次男の赤ちゃんも無事に見て、10月18日に静かに息を引き取った。二人の孫は、良子にとっても私にとっても可愛い命の恩人である。そんな思い出深い日に、長男が生まれた。だから姉弟して同じ誕生日という奇跡が起こった。

みんなを明るくする患者になるんだ

心に不安がないと言えばウソになるが、私は目の前に次々起こる奇跡を見て、生きる希望と感謝の気持ちに満ちて祈った。

「神様ありがとうございます。

私はもう十分です。大丈夫です。
心配しないでください。
たとえ、死がおとずれても怖くありません。
全てを神様におまかせします。
自分を見失わないで、感謝で溢れています。
不幸に陥れるものがありません。
私は大丈夫です。
もう十分です

それより、苦しんでいる人たちを助けてください。
悲しんでいる人を助けてください。
可哀そうな人たちを助けてください。
迫害されている兄弟姉妹を助けてください。
神様から遠かった私が、
身近に感じています。

涙の祈りを忘れた私が祈っています。
だから、
苦しみ悲しみの中にいる兄弟姉妹を助けてあげてください。
力を与えてください。
神様が傍にいることを今すぐ教えてあげてください。
私は大丈夫です。
神様お願いします」

と涙していた。そして、病院で何ができるかを考えた。苦労している看護師さんたちを励まし、患者仲間や知っている人全部に元気を与えたいと。やるからには思いっきりやってみたいと。

手始めに、看護師さんの名前や出身地や家族を聞いて、覚えることから始めた。名前で呼んであげたらきっと喜ぶに違いない。そして、看護師さんにしてもらったことを覚え、次の時に「この前はありがとう。なんだか○○さんから元気をもらうんだ」とお礼を言おうと。看護師さんたちは、みな頑張り屋さんで優しかった。だから、ありがとうや誉めることも素直に言えるし、喜ぶ姿を見ては嬉しくなった。

また、病院生活で起こったことや感じたことをメールで優しい人たちに送った。返信も多く、毎日メールを発信し、それらが日課となり、忙しい毎日になっていった。

ベッドにうつむせでメールを打つと左側のお腹がマットに当たる。その時、大きな塊（がん）があるのが分かるのだが、気のせいか前より小さくなっているような気がして希望を感じた。このまま治まって欲しい。


白血球が８００もないから歩きまわらないで！

病室でおとなしくして

抗がん剤が終わってからの１週間から２週間の間、白血球が最も少なくなって感染症にかかりやすい。しかし、体力や体調の衰えを明らかに感じるわけではない。だから毎日20分くらい病棟の廊下を歩き回っていたその時、看護師さんから注意を受けた。

「本居さん、そんなに歩き回らないで。白血球の数が８００以下になってますよ。感染症にかかりやすいんだから、部屋でじっとしていてね」

私は白血球の数の少なさに驚いた。というのは、抗がん剤を投与されて1週間後に免疫力アップの注射を打っていたし、それで大丈夫だと思っていたのに、そんなに少ない白血球なんだと驚いてしまった。しかし、ジッとしている生活で気になるところがあった。その箇所は足の付け根にある鼠径《そけい》リンパ節。2〜3日じっとしてトイレに行ったり、電話をかけに歩いて行くとそこが少し腫れた感じで気になる痛みもある。

私はじっとしていた2日間で、体も重くなっていた。だから考えた。ひょっとして抗がん剤のせいでそうなっているんじゃないかと。「じっとしていなさい」と言われたため、じっとしすぎることで抗がん剤が体から抜けずに、重くなるんじゃないかと。体を動かすことで抗がん剤が出やすく、体の負担が減るんじゃないかと。体を動かした方が良いんじゃないかと思った。決意して私は思い切って歩くことにした。15分ほど歩くと体が温まり鼠径部の嫌な感じが消え、体も軽くなってきた。常識的には、病人は静かに休んで寝た方が良いと考えてしまうのだが、動かないことで体力はなくなり食欲もなくなる。抗がん剤治療の場合は抗がん剤を早く出すために水を沢山飲むのだが、汗ばむくらいの運動をした方が水も飲みやすいし、新陳代謝もよくなって相乗効果が高いと思った。

8月8日、2回目の抗がん剤治療。
今日は残っていたリツマキシブの抗がん剤。他の点滴を含めても短いらしい。2回目なので前回の経験を含めて不安がない。思った通り無事に、何事もなく抗がん剤の点滴は終わった。

8月15日初のリハビリ

競泳日本代表の池江璃花子選手は白血病を克服して競技に復帰。
私も続くぞとリハビリをして元気に。（ネットニュース）
体力の低下を心配して、リハビリの先生から面接を受けた。10日以上の入院生活に大きな変化をもたらした。毎日、リハビリセンターに行ってバイクを約20分こぐ、汗ばむとなんとも気持ちが良い。もちろん抗がん剤で体力がなくなっているのを感じるが、久しぶりに運動できるのが嬉しい。楽しく体を動かすためにノリノリの曲をヘッドホンで聞いてこ

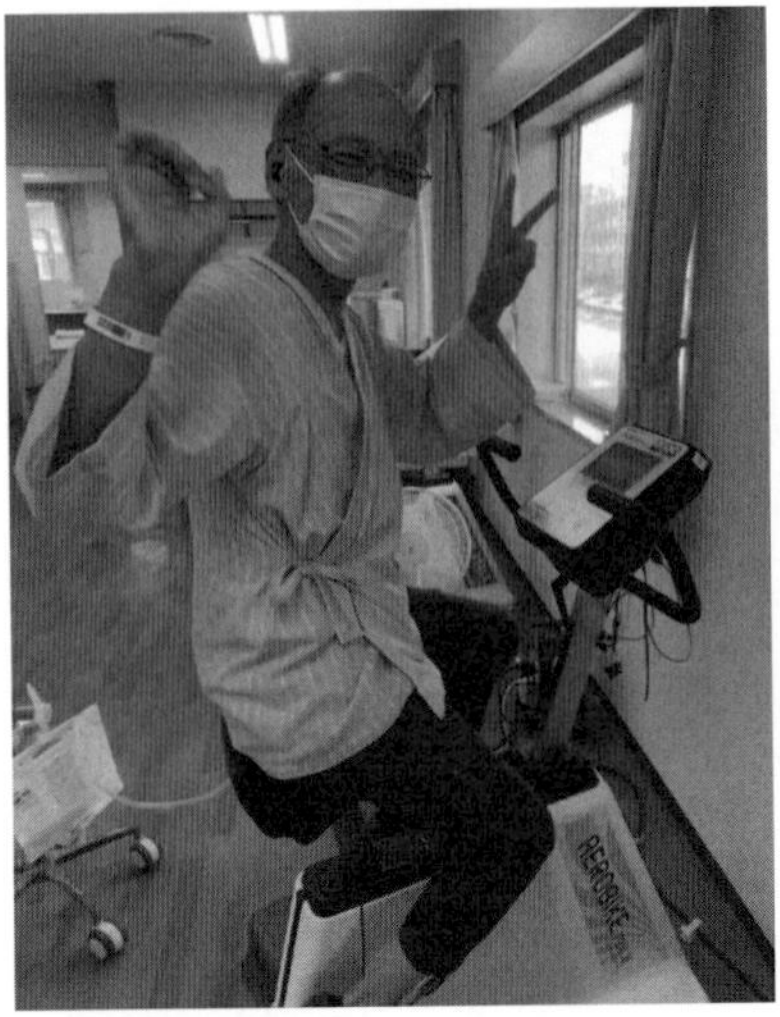

リハビリに励む

大盛の食事を依頼
OK が出た

いだ。歌も歌いたくて、「先生、鼻歌を歌いながらこいでも良いですか?」と聞くと、小さな声なら大丈夫と言われて喜んだ。人の少ない場所のバイクを指定され、楽しくこいだ。リハビリの先生とも親しくなり、もっと体を動かしたいとお願いした。ノートパソコンを持参し、ズンバダンス体操をした。みんなに元気な姿を見せたいからと先生に写真も撮ってもらい、みんなにLINEで送った。

　ドンドン体を動かすと体が元気になる気がした。体力があるうちに体力をつけたい。抗がん剤を打つ回数が増えるに従って、体が弱って行くからだ。元気になりたい私は、先生に食事を大盛にして欲しいとお願いした。こんながん患者は珍しいだろうなと思いつつ、また、全部食べられなくても良いと思っていたらちゃんと食べることができた。私は病人であることも忘れ、元気に復活することだけを考えていた。がん治療が終わっても、体力のない病人のような体にだけはなりたくなかった。

というのは、数年前、競泳女子日本代表の池江璃花子選手が白血病にかかったが、わずか1年ぐらいで回復。すぐにトレーニングを再開して選手生命を守り、オリンピックに出場したことが記憶に残っていた。同じような血液のがんを克服した池江選手に続きたいと、毎日鍛えようと思った。がん患者の殻を破ることに私は一生懸命だった。体だけではなく、心も明るく元気に、笑って生きたいと。それができているのが嬉しかった。

「人のために祈ると、超健康になる！」という本の体現者になってください。

こんな入院生活をしていた時、大学の先輩の大塚夫人がこんな本を紹介してくださった。私は何事も感謝して生きることが目標になっていたから、この本の題名に自然と目が

止まった。タイトルは
『ひとのために祈ると、超健康になる！』
（米国医科大学教授の革命的理論）
著者　高橋徳
～脳内ホルモン「オキシトシン」が病気を治し幸せを呼ぶ！

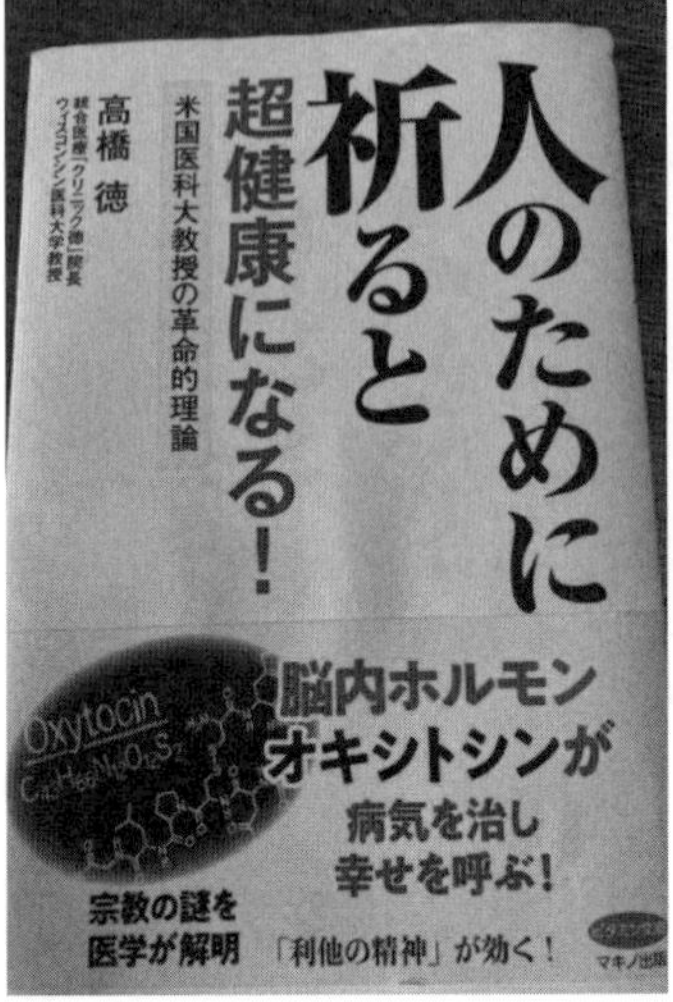

内容は『利他』の精神と行動が病気に効く！
宗教のなかには『汝の敵を愛せ、汝を迫害するもののために祈れ』（新約聖書・マタイ福音書）という、このような、一見、非合理とも思える教えが存在する。何故なのか？その答えのカギは、今注目の「オキシトシン」にある。オキシトシンは、ストレスに対抗するホルモンで、別名「愛のホルモン」とも呼ばれていている。

その特徴は、「人から愛される」と分泌されること。そして、さらに特筆すべきことは、「人を愛する」ことでも、同様に分泌が高まることが分かってきたこと。他者のための行動、すなわち「利他の行動」がオキシトシンを大きく増やす、生きる力を生むのだ。

この書には、オキシトシンの増やし方をはじめ、「より健康になるための秘訣」や「医学と宗教の関係」について、明快に解き明かされている。迷いや悩み、うつや生活習慣病で悩んでいる人、また、生き方に悩んでいる人にとっては、現状を変えるきっかけになるだろう。

私はこの本に書いてあることを読んで、今の私ならできると思った。私は毎日起こる出来事に、優しさや愛や導きを感じていた。そして、それにこたえて生きたいと、ベッドの上で感謝の涙の祈りを捧げていた。私はそんなことが器用にできる人間ではない。努力しても祈れるものでもない。頑張ってしても、ものまねのような心のない言葉が続いたり、感情のこもらないつまらないお祈りになる。そんな私が祈りに感動して泣いている。今までの私とは全くの別人だと感じた。何でも許せるような、感謝できる心になっている気がした。また、素直に自分の気持ちを吐き出したくて、ズバズバと人を怖れずに感じたことも話せるようになった。ただただそんな自分に驚くしかなかった。

大切に感じたことを人に伝えないと気が済まなくなり、メールで発信するようになり、送信先がどんどん増えていった。最初は30件、50件、100件、多い時には200件近くにもなった。返信がきたら、それに応えて返信をする。そんなこんなで、入院生活は一変した。伝えたいことが、時間と関係なく頭に浮かんでくるのだ。夜中に感じたら、2時でも3時でもLINEで発信した。発信すると次から次と返信が返ってくる。それをしっかり見て、関心をもってくれる人には、お礼の内容や意見交換のためのLINEをした。ただし、外交辞令的なものには、簡単なありがとうメッセージで済ませた。真夜中に送れば「ちゃんと寝てるの?こんな時間は寝る時間だよ」と叱られたり、余りに長文LINEを送ると驚いてしまう人も多くいた。

本を紹介してくれた大塚夫人の励ましメールには心がこもっていて、それに応えたくて仕方がなかった。それほど心に響くメッセージが返ってきた。また、「この本の体現者になって、多くの人の希望になってください。元気に戻って、お話を聞かせてください」と。それからというもの、ひょっとして体験談を何かの折に話す時が来るかもしれない。いつしかそうしたいと思うようになっていた。LINEのやり取りも多くあるから、日記がわりになっているし、それをまとめれば良い。後は写真を何かにつけて取っていれば良い。お陰で、今回の本に載せることができた。この本を書くきっかけは間違いなく大塚夫人のお陰であり、感謝の気持ちしかない。

神様の思い

私のために深くお祈りをしてくれた人に冨田さんがいる。いつものように入院中の私のためにお祈りをしていた時、神様の思いが言葉になって湧いて涙がこぼれたそうである。

「あぁ、おまえの命はかけがえのないもの。
生きて喜ぶ姿をみたい。
どんな心配事があったとしても
くらべることができない。
おまえよりおまえを愛している

おまえの親だから」

このメッセージを聞いて胸が熱くなった。神様から直接ではなかったにせよ、がんと闘っていた私にとって忘れられない言葉となり、自然に返答のお祈りをしていた。

「こんな小さなものにまで、心を砕いていていただけるとは感謝にたえません。
神様、神様のことを思えば私の悩みは小さな悩みでしかありません。
神様がこんなにも親として見守っておられるのに
誰からも理解されることもない、孤独な神様。
わたしは大丈夫です。
神様ありがとうございます」

がんにむしばまれた母の叫びを聞いたとき

私のがんの末期はこんな風にとても恵まれていたが、人によって大きく違うのも真実。がん患者の末期の叫びを、ここで少し紹介したい。何故なら、末期がん患者の現実の一端を知って欲しいからである。話しても辛いだけかもしれないが。痛みのない小康状態が如何に大切で、その時を失うととんでもない悔いを残すことを、この本の中でも紹介した。体調の急激な変化にあたふたして、取り返すことのできない時間を悔やむのだ。ああしておけば良かった、こうしておけば良かったということが、あとからあとから出てくるのだ。だからこれから起こるであろうことを知って備えることが大切なのだ。それが悔いのない看護に繋がり、患者の心の触れ合いを深めることに繋がるからだ。

母が70歳の時のクリスマス会の時、そこにいた孫が「ばあちゃんの目が黄色くない？おかしいよ」と言ったのっがきっかけで病院に行った。結果はすい臓がんで、がんが胆管を閉塞して胆汁が肝臓に逆流し黄疸になったのだ。黄疸を治すためにカテーテルで胆管を広げ、ステントを挿入して胆道を広げる胆管ステント留置術を行った。医師は末期のすい臓がんでこれ以上の処置は難しく、もって2～3か月の命だろうと言った。

母は1か月もしないうちに胆管は閉塞し黄疸を再発。黄疸を防ぐために、胆汁を外にだす経皮経肝胆道ドレナージをした。処置のしようのないがんはさらに大きくなり神経を圧迫して痛みやしびれを起こし、母は「痛い、痛い」と叫ぶようになった。痛み止めの薬も効かなくなり、痛みで息も絶え絶え、「はぁ、はぁ痛い。痛い！」と叫んで悶絶するようになった。この時から、母は冷静さを失い、いわば錯乱状態のようになった。ナースコールを押しては「痛みを何とかして欲しい」と哀願するようになった。何をしても楽にならない現実。昼夜を問わず襲う痛みの声で、私たちの胸も苦しくてたまらなくなった。だから、静かに眠っている姿を見るだけでホッとしていた。しかし、それから間もなく「死にたい、もう死んでもいい。お父さんのところに行く。早く死にたい」と叫ぶようになって困らせた。何ともならない現実から逃避できるのは死しかないのだ。そしてモルヒネを打つしかなくなって、母は植物人間のようになった。「死にたい」という言葉ほど辛いものはない。私の母の場合は「死にたい」だったが、「殺してくれ！」と言われれば、それほど残酷なことはない。このことを通して私の頭の中にはがんの末期の凄惨な姿がこびりついている。

心が見えないと失敗することが多い

認知症の印象深い内容を話したい。認知症とは昨日、今日のことは忘れても昔のことは忘れていない病気だ。一つ目は私の体験したこと。整体で80歳を越えた認知症の母を抱えるお宅に訪問したときのこと。何度いっても、「どなたかしら?」と、毎回上品な口調で聞いてこられる。その度に、娘さんが説明してから、ようやく整体ができるようになった。

私が整体しながら、昔のことを聞くと、良く答えて話してくださった。

好きなことが歌だと分かったので、昭和初期の歌を聞かせてみたらきっと喜ばれるに違いないと思い整体の時に聞いてもらった。すると、小さな声で口ずさまれたので、「なんなら歌ってくださいよ。聞きたいから」と言うと嬉しそうに応えられた。すると歌詞も見ないで、暗記でほとんどの曲を歌われた。こんなに良く覚えているものだと感心し、娘さんにお話しをした。是非、このCDが欲しいと言われたので、「もちろんです」と応えた。私はこのことに、認知症の新たな一面を知って、認知症を学んで生かさないといけないと思った。

そんな中でこんなことも知った。毎日のことは直ぐに忘れても、接してくれた時の喜びや悲しみ、逆に叱られたこと、けなされた時の嫌な感情は消えないことを。認知症患者はされたことや今日や昨日したことなどは全く覚えていないのだが、その時の感情は残るということ。だから、楽しませてくれる人と、怒ったり叱ったりする人では態度が激変する。楽しい人とは笑顔で、叱ったりする人には嫌な顔をするのだ。だから介護は接する態度や受け止める心が大切になってくるのだ。

例えば、外に出かけることが好きだった人が、「雪が降ってるから見たい」というと「外は寒いから、やめよう。風邪をひくから」。「お腹がすいたから何か食べたい」「さっき食べたでしょう。また、食べたらお腹に悪いから」というように、良いと思って話し、分かってくれたと思っても違うのだ。本人にとってはちっとも嬉しくない。したいことを受け入れてくれない感情が残るのだ。だから困ったものだという気持ちのままで強く言うと、嫌われてしまい手にあまる態度をとって、あげくの果てに暴れてしまうそうだ。

末期のがん患者と向き合う時も、認知症患者に接するときも似ている気がする。

ここで、私が一番感動した認知症の話をしてみよう。

高齢の認知症のお母さんが、毎日午後4時になると、決まったように家を出ていく。行先も分からないから探すのが大変になる。見つからない場合は警察に頼むしかないこともある。見つけて「お母さん、何してるの？」と言うと、あかの他人に声をかけられたような態度。こんなことが毎日あるとたまったものではない。

認知症の先生に相談すると、「何かお母さんが毎日していたことがありませんか？考えてみてください」。そんな昔のことでお母さんが好きなことを考えても見当たらない。分からないので何かヒントになるものをと写真アルバムや昔の生活を思い出しても分からない。午後の4時頃は買い物？何かの習いもの？全部違った。「お母さん買い物？」と話しかけても、いつもと変わらない態度。一体何をしに出掛けているのか？全く見当がつかない。

いよいよその答えが分かる時が来た。色々やってみて「ひょっとして保育園のお迎えかも？」と思って先生にその経緯を話したら、「それかもしれませんね。それなら、こんな風に言ってみてください。見つけたお母さんに『お母さん、今日は日曜だから、お迎えに行かなくても良いよ。家に帰ろう』と話しかけてみてください」。それでそんなふうに話しかけると、なんと「そう？そうなの、分かった」と言って素直にうなずき、手をつないで帰ることができた。娘さんは嬉しくて、嬉しくてぽろぽろと涙を流した。言うまでもない。お母さんは幼い自分を迎えに、必死に毎日迎えに行っていたんだと分かったからだ。今は

ナースステーションの前で談笑

もう無い保育園を必死に探しまわっていたのだと。お母さんに振り舞わされ、探すことに疲れ果て小言を言って怒ってばかりいた毎日。自分が恥ずかしくなって許して欲しいと心から思ったそうである。痛み悲しみが嬉しさに変わった瞬間でもある。

楽しい入院生活の始まり
8月15日思わぬ　人がやってきた。

入院15日目のお盆の日の夕方、付き添いの方から会長と呼ばれる神谷豊さんが同じ病室（4人部屋）に入院してこられた。簡単なご挨拶をした後、スマホのベルがなり、会長はベッドの上で20分もの長電話。さすがにこれは注意しないといけないと思い、こう注意した。

「とても大切な良いお電話だと思います。かけなおすのは大変かもしれませんが、ここは4人部屋なので長電話はナースステーションのロビーでするのがルールですよね。よろしくお願いします。のっけから気分の悪い話をしてすみません」

「いやいやその通りだよ。これからはそうしますよ。ところでどこにお住いですか？」

「私は川崎市の登戸に住んでいて、世田谷区の池尻で健康と整体のお店をやっています。」

「池尻のどこなの？」

「三宿の交差点の近くのすぐそばにあって、段ボールなど販売している「キタミ」さんの隣です」

「そうなんだ。私は、あなたのお店の向かい側で『夢吟坊《むぎんぼう》』といううどん屋をしている。夢吟坊は知ってる？」

「はい。大好きなお店で、よく行ってます。大人気店で、いつも人が並んでいますよね」

「お店に来てくれているんだ。嬉しいね。」

「奇遇ですね。」

「そうだね。不思議だね。」

「昔からお店やってるの？」

「いいえ。3年前に引越しして今のところで」

うどんチェーン店を経営する神谷会長は楽しい方で、直ぐに意気投合し、話が進んだ。

私は夢吟坊のかき揚げうどんが特に好きで、お昼を食べによく行っていた。うどんに炊き込みご飯やデザートもついてランチは安くて美味しい。そんな馴染み深いうどん屋の会長さんが神谷さんだと分かり、思わずお店のことも詳しく紹介した。なんなんだろう、ご近所と言うだけで距離がぐっと近くなり、次から次へと話が進んだ。私が写真好きで八幡神社の記録写真やビデオ撮影などを神社の嘱託としてもお手伝いしていることを伝えると、神谷会長は俺も池尻稲荷神社の総代の一人で神社を手伝っているという。神仏のことにも関心があり神社のことや日本の歴史や文化なども好きだと分かった。それだけでなく私が大好きなエンジェルスの大谷翔平選手の大ファンであり、カラオケも大好き、演歌も大好きな会長だった。話せば話すほど気の合わないところが見つからない。同じ悪性リンパ腫で、入院の時を一緒にしたことが奇遇で、起こりえない確率だと、お互いに確信。神様が導いた運命的な出会いだとお互いに感じ、「不思議だね〜」と何度も言葉にした。年も5歳上の74歳の会長で年も近いので、本当に良く話が合った。

2〜3日したら、退院したりする人もいて4人部屋の病室が私と会長だけの二人きりになった。それで、先生にこうお願いした。「先生、会長と気がよく合うし、お互いの趣味も共通で、音を出して一緒にテレビを見たりしても良いですか?」「二人に問題なければ、他に迷惑がかからないなら良いですよ。但し、二人の時だけですよ」と許可を出してくれた。

それ以来、私は会長のベッドの横に行って話をするようになり、一緒に大谷選手の試合を見て盛り上がった。ただ残念なことに病室のテレビは完全に音が出ない。それで持ってきていたノートパソコンを開いて、音を出して見た。演歌もYouTubeで見たり落語を見たり、食事の時にはジャズを聴いて食事を楽しんだ。こんなに楽しい人と出会うとは思ってはおらず、まさかそんなことが病室でできるとは思ってもいなかった。心の距離が近くなると話が止まらなくなり、自分の人生についても互いに話し始めた。会長の人生は波乱万丈そのもので、その生きざまが小説になるくらい変化に富み、ハラハラドキドキの内容だった。二人きりの病室、誰に遠慮することもなく笑ったり話したりしても構わない。そんなことが昼となく、夜となく続いた。時には、話の続きが聞きたくて、夜の11時ころ、

「会長起きていますか? 話の続きが聞きたくてしようがないので話しませんか?」「それは良いね。やろう、やろう」ということで、持ってきていたデスクライトをつけて話をした。だから時間のたつのも忘れて話し込んだ時もある。余りに気持ちが通じるので、ある時「子供にも話していないことも話そうかな」

「それは聞きたいですね」

「じゃ～話してあげよう」

毎日短い時で2時間、長い時は4時間くらい話をしたので、夜中に話すこともしばしば。看護師さんの夜の巡回で見つかり「何をしているの。今は眠る時間ですよ」と叱られたこともある。

そんな時、「看護師さんも話の仲間に加わらない?」と誘ったりもした。だからどの看護師さんや担当の先生からも、「何で二人はそんなに仲が良いの」と言われ、羽目をはずす要注意人物として見られていた。

「本居さん、ベッドにもどりなさい?

話すときはお互いのベッドにいて離れてやりなさい。

コロナにかかったらうつし合うから言うこときいて。

近くで話すときは必ずマスクして」
と、良く注意された。

会長の人生訓

神谷会長が話してくれた中にこんな内容があったので紹介したい。

「本居さん、俺はね、鮭の一生を見ると感動するんだ。卵が稚魚になったら大海に出て大人になる。今度は繁殖のために生まれた川を求めて泳いでいく。どうして生まれた川が分かるのか不思議でならない。見つけると上流へ上流へと必死に登っていく姿にまた感動する。さらに、繁殖を果たすと願いを果たし終えたように命を閉じる。こんな姿を見ると偶然にできるようになったとは思えない。違う気がする。何かの力をね。ここまで偶然の積み重ねで進化したとは思えない。

人に当てはめたら、人間にも何かの目的があるのじゃないのか?と考えてしまう。人間には様々な生き方、人生がある。目的はバラバラのようでも人としてのルールのようなものを感じる。それを背負って生きている。目的は鮭とは違い定まっていないから、自分で探求するしかない。多くの人が色々考えても見つからない難しい問題だ。

自分の置かれている立場を良く考えても分からない。名前があって、住所があって、親がいて、仕事ができれば誰でも生きていける。こんなことを考えてみた。宇宙人がいたとして住まいはどこか？と聞かれると、東京です。東京はどこだ？と聞かれて日本の〇〇。日本はどこ？地球の〇〇。地球はどこだ？太陽系の〇〇。太陽系はどこ？銀河系の〇〇。銀河系はどこだ？〇〇星雲に。考えると余りにちっぽけな東京の存在。そんなことを考えたら永遠に何も見えなくなる。何よりも自分を見つめて自分のなしたいことをやり遂げたい。間違っていたら結果を見て人は気づく。単純なことだが幸せにはなりたい。その幸せが何なのかをこうだと言うやつがいるが、そんな軽いもんじゃないと思う。ナンバーワンだけが幸せなら醜い争いは起こりやすいが、オンリーワンなら話が違ってくる。人生は自分が何者なのかも分からず、自分の個性や理想も分からずに時だけが過ぎ去る。オンリーワンになるのも決して容易なことではない。だから本当に満足のいく人生を生きるのは難しい。鮭だって途中、大きな堰に阻まれ登れなかったらすべてが終わってしまう。常に新たな目標、自分の理想実現と現実、挫折、悟り。鮭の一生の番組を見て人の生き方もそうだとね。確信して言えることは、漠然といい加減に生きたら、幸せと言う感動はないということは真実だよ。」

会長は若くして中堅の事務用品会社の専務にまで上り詰め、自分の力量で順調に会社を成長させた。ところが、社長の息子が経営の経験も少ないなか副社長に大抜擢された。その当時、パソコンが普及し始めて社員全員がパソコンを持てる時代へと変化していた。副社長となった息子はパソコンが売れると思って販売戦略に据えたが、神谷会長はそれよりも、全員がパソコンを持つ時代こそ慣れないパソコンの使い方をケアするサービスセンターやコールセンターを作っていく方が会社のレベルに合うと進言。しかし、結局受け入れられず販売路線へと舵を切った。だが、大量販売の大手に勝てるわけもなく、在庫を抱え新規事業の失敗となり、残念ながら撤退することになった。しかし、副社長には何のお咎めや降格もなく、時代の流れとして処理された。会長の経営方針に沿って会社が動いていれば会社は盛り上がっていたに違いない。社長も社長で過去にこんなことがあったそうだ。取引先のＮＨＫから、「納品などの際に社員証を作って入館して欲しい」と申し出があったのに、社員服は着てる、商品も持っているのに、顔つきの社員証はなぁ～と反対したそうだ。セキュリティのことを理解せず、わがままなことを言ったために実行が大幅に遅れた。こんな身の丈知らずの社長や副社長に未来はないと、40歳で自ら会社を辞める決断をした。

会長は当座の生活費のためにタクシーの運転手をしながら、一から好きなこと、やりたいことを考えた。そんな時、美味しい京うどんを食べさせる「うどん屋」を立ち上げたいという気持ちが強くわいた。うどん業界のことや飲食店経営のノウハウを調べ学んで、出店のための計画と準備を始めた。失敗を恐れずにやれることは何でもやって美味しいものを作りたい。後は繁盛するかしないかは、お客さんの美味しかったという言葉や笑顔を見てしか分からない。今や羽田空港にあるお店を含めて、4店舗もある繁盛店になった。

人生の荒波に向かった会長ならではの生き方であり、自分のやりたいこと見つけたらを挑戦する姿に、私も感じたことをやりたいと思ったのも不思議ではない。68歳の私にとっては、残された時間が少ないのだから。

そんなこんなの二人の自由な世界の病室。色々な面で許されているならと、会長に小さな声なら大丈夫だと一緒にパソコンでYouTubeカラオケもしたが、そんなことがバレないはずもない。毎日掃除をしに来るおばさんが、先ず気づいて羨ましがった。おばさんが「この部屋からいつも音楽や、楽しい声が聞こえる。良いねぇ、二人は仲が良くて。良かったら私にも聞かせてよ」

「ええ、そうですか。構いませんよね、会長」

「お願いがあるんだけど、森昌子の歌が好きで聞かしてくれない。寒椿という歌でとってもいい曲だから」

「知らない曲だけど良いですよ。流してみましょう」

会長も私も歌謡曲や演歌も大好き。

「良い曲だね。歌いたいね。練習して、カラオケで歌えるようにしよう」とみんなで盛り上がる始末。

こんな調子の良い毎日を過ごしながら、電話やＬＩＮＥのやり取りも、お祈りもした。だから全くひまにする時間などなかった。毎日が楽しく忙しく、こんな入院生活を送るとは思ってもいなかった。

楽しい入院生活も終わりに近づく

そんな楽しい入院生活もいよいよ終わりが近づくと思うと淋しくなった。退院が8月26日に決った。私はこのまま入院生活が終わるのがとても淋しかった。何かを残したくて、お世話になったスタッフ一人一人と記念のツーショットを取って、そしてお礼に手作りカードを贈りたくなった。

今でも看護師さんたちの優しさを思い出す。もちろん担当の先生の優しさも。こんなに良い人たちに囲まれていたのが嬉しくて、一人一人との出来事を思い出し、昼となく夜中となくこっ

入院中お世話になったスタッフの皆さま（一部）

そりと黙々と手作りのカードを作り、感謝の思いをしたためた。

8月25日

退院の前日、思い出の沢山詰まった病院生活を振り返ると、楽しかった学校を旅立つ気持ちになった。荷物の整理も終え、お世話になった病院のスタッフ12人に感謝を伝えカードを手渡しに回った。

「ありがとう本居さん。カードまで」

「感謝の気持ちを伝えたくて」

「そうなんだ。嬉しい。

本居さんが元気になって本当に良かった、良かった。

これからも元気でいてね。

また、顔を見せてね」。

良い人達に恵まれて嬉しかった。会えなかった人にはスタッフにお願いし、お世話になっ

神谷会長と
ベッドにて

た、神谷会長と担当の先生には手紙にして気持ちを伝えた。

退院

8月26日（金）、倒れて緊急入院してから退院までの40日。『40』という数字に何か秘められた意味を感じた。

8月26日は、救急車で運ばれた7月18日から数えて丁度40日目だった。不思議な体験を多くした入院生活。聖書を学ぶ私にとって『40』は良く聖書に出てくる数字の一つで、「試練の数字、見習い期間」

だとされている。イスラエル民族の40年の荒野流浪生活の試練、モーセのシナイ山の40日の彷徨と恵み、イエスの40日間のサタンの試練と勝利、イエスの40日間復活期間などがある。そのため、私は、がんという試練を『40』と言う数字で乗り越えたんだよと教えている気がしていた。

後に、ふと気になって『40』という切りのいい数字の意味をパソコンで調べた。すると、数秘術では何と『エンジェルナンバー』とあり、その『40』の数字が表わす意味は、神と天使からのサポートを意味する数字と知って驚いた。つまり、神と天使はその慈悲深い愛で、私を包んでくれていたということを感じた。すなわち、

「あなたの神聖な望みや祈りが、現実になろうとし

ています。

現実にあるものは、全て意識でつながっています。

あなたの意識が現実を作っています。

この神聖な世界を楽しむために、愛と感謝にフォーカスすることを忘れないでください」

そういうメッセージが込められているのが分かってゾクゾクしたのは言うまでもない。感謝の祈りを私は深く捧げた。これからどう生きなければならないかを感じる出来事になった。

第四章　退院後の出来事と寛解への道

8月27日（土）家族と退院祝い

8月26日（金）、退院の日。その日は平日だったので、次男と長女には会社を休まなくても大丈夫と伝えた。その代わりに3人の友人が迎えに来てくれ、無事に退院することができた。私はその足でお店に向かい、明るく元気な姿を見せると喜びの輪が広がった。心待ちにしていたスタッフと一緒に楽しい食事をして、夕方に自分の家に戻った。家に着くとそれはまた感慨深いものだ。

「ようやく戻って来たぞ！
神様ありがとうございます」

部屋で落ち着くと、病院に運ばれた時のこと、二度と戻って来られないかもしれないと沈み込んで悲しく辛くなったこと、そんな時に思いもよらず神様に守られているんだと感じ感謝の涙が止めどもなく流れたこと、感謝の気持ちで精いっぱい生きようと取り組んだ楽しい入院生活のことなどが改めて蘇ってきた。

家の近くのそば屋で
退院祝い

思わず孫を肩車

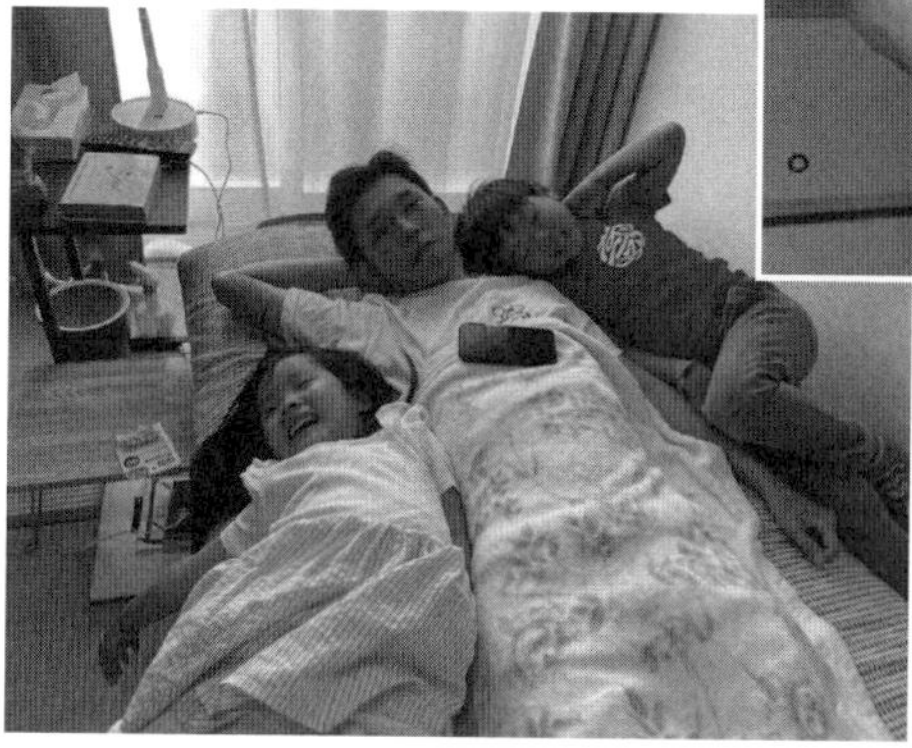

病院とは違って神谷会長も仲良くなった看護師さんもいない。それがなんとなく淋しくて、一人の時間がやけに長く感じた。間もなくして、娘が帰ってくると、楽しそうに私の夕食を作り始めた。明日は、退院祝いをするために、次男も可愛い子供たちを連れてやってくる。

翌朝「じいじ、いる?」の可愛い声が我が家に鳴り響くと、一気に家が明るくなった。何気ない孫の声やしぐさが可愛くてたまらない。みんなとあれこれ話したあと、お昼を食べに近く

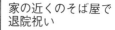

の蕎麦屋へと向かった。息子が元気になったお祝いにと鰻重とお蕎麦を食べさせてくれた。もちろん食べきれないので孫にも鰻重のおすそ分けをあげたら美味しかったのか、目の前で勢いよく食べてくれた。

家に戻ったら、さらに甘えてきた孫に大好きな肩車を試しにしてみると、嬉しいのか身体の奥から全身に力が溢れてきた。いつもと変わらぬ肩車にはしゃぐ孫、元気に遊ぶ自分、いつもの光景が戻っていた。トイレに行って戻ると息子と孫が私のベッドを占領し、笑ってばかりで横にならせてくれない。

「こらこら、なにやってるの。じいじ疲れたから横になりたいの。みんな、どいてよ」

そう言ってもなかなか譲ってはくれない。元気になった私と、きっとジャレ合いたいんだなぁ〜と感じて、心は嬉しかった。楽しい気持ちにさせてくれる家族のありがたさ。

しばらくして、息子が

「お父さん、これからどうするの？」

「来週からお店のことが心配だから、週3回は行こうと思っている。お店も色々大変だから」

「お父さん、そんなにしても大丈夫なの？」

「家にぶらぶら居るよりお店に行った方が良いし、外に出た方が生活のリズムもできて良いから。家にばかりいるとストレスもたまりそうだしね」

「分かったけど、無理はしないでね」


そんなこんなで楽しい一日が終わり、これからのことに希望を感じていた。こうして、私が無事退院して、時々お店に来ていることが分かりはじめると、心配していた人たちが会いに来てくれた。元気な私の姿を見ると決まったように「先生良かったね。凄いね」と言われる。すると、自慢げに闘病生活の内容を話してあげるパターンが定番になった。

退院してまもなく、家での暮らしが困らないようにとケアマネージャーが看護師と一緒に来訪、介護がスムーズに受けられるように進めてくれた。というのも腎ろうのある不自由な体では、入浴介助が必要なため要介護1の介護認定を受けた。その結果、訪問看護師が毎週1回、入浴補助と腎ろうのガーゼ交換のために来てくれることになった。ただ、入浴ができるのは一週間に一度だけなので、お風呂に浸かれるその日が待ち遠しくてたまらなかった。

※抗がん剤治療後の生活指針

1　食生活をキチンとする。
玄米食と野菜、海藻などを多くとるバランスの良い食生活。
お菓子や加工食品など極力食べない。

1　運動と快眠と笑顔の生活
毎日軽く汗ばむような運動約10分と、3000歩以上歩くこと。
良く眠り、感謝と笑顔の生活を目標を持って生活する。

1　高麗人参茶を毎日飲む
発酵高麗人参のお陰で抗がん剤治療の苦痛や副反応が抑えられたのを実感していたので、生命力強化のために毎日飲み続けることにした。

9月13日（火）３回目の抗がん剤治療

退院してから、３回目の抗がん剤治療を受けに病院に行く。先生に元気な姿を見せられると思うと、会うのが楽しみで心がはずんだ。血液検査も終わって先生の診察を受ける。血液検査の結果は１時間後に出て、先生はその検査データーを診て生活の様子や体の状態を聞いてこられる。


「本居さん、元気ですか？体の状態はどうですか？」

「はい、大丈夫です」

「お仕事は始めたりしてますか？」

「はい。お店が心配なので週３回行くようにして頑張っています。しっかり食事もして運動もしています。体も動くので少し整体をしてみようかと思っています」

「スゴイですね。でも絶対無理はしないでくださいね」

「はい、もちろんです」

「それから、５回目の抗がん剤治療の前に造影剤入りのＣＴスキャンをします。その時、状態を見て良ければ腎ろうを取りましょう。」
「嬉しいです。頑張ります」

いい調子で回復しているので先生も安心してくださった。外来での初めての抗がん剤治療も難なく無事に終わった。発酵高麗人参を続けて飲んでいるせいか、抗がん剤治療でだるくなることもない。元気で時間もあったので、私はお世話になった看護師さんたちに会いたくて病棟に立ち寄った。

「元気そうね。今日は抗がん剤なの？」
「はい、そうです。問題なく終わりました。皆さんもお元気ですか？」

こんなやり取りが楽しかった。退院したてのがん患者が明るく「元気ですか？」と問いかける姿を思い浮かべると、何となく笑ってしまった。

9月17日（土）埼玉県にある高麗神社参拝と巾着田の彼岸花の花見
そこで、おみくじの言葉に神の教えと導きを感じた

高麗神社の社殿前で

みんなに今回のがんのことを話せば話すほど「神様のために恩返しをしなくては」とか「神様や人のために生きないといけない」と思ってしまい、何もしない日はこれで良いのかと焦ってしまう自分がいた。

というのも「人のために祈ると、超健康になる！」という本の証人になって欲しいと言われたことや、私は私で「自分の経験を沢山の人に知らせたいなぁ～」とか「もっと人として成長しなくては」と焦っていたからだ。また、どこまでやれるか分からないが、やりたいことや良いと思ったことは必ずやりとげようと心に決めた。整体も腕

彼岸花の絨毯を背景に

が鈍くならないように施術をする人数を徐々に増やしていこう。そしてお客様から「先生、早い回復ですね。ホントスゴイですね。」という風に言われたい自分がいた。

そんな時、行ってみたいと感じていたところがあった。それは、埼玉県日高市にある巾着田《きんちゃくだ》曼珠沙華《まんじゅしゃげ》公園とそのそばの高麗《こま》神社。公園には日本一の彼岸花が咲き誇り、一面が赤じゅうたんに変わる。また、高麗神社は高句麗ゆかりの神社で、出世神社、パワースポットとして有名である。そこに行かれたことのない畑中宮司夫人を誘うとすぐに快諾してくださり、また、大瀬教会長に運転をお願いすると、「本居さんが行きたいのなら何処にでも連れて行きますよ」と二つ返事で決まった。二人に守られて無事訪れた高麗神社。そこで引いたおみくじの内容が深く心にささった。もう神様からのメッセージとしか思えない素晴らしい内容だった。ちなみに、おみくじはちょっぴり嬉しい「末吉」、病気は「信ぜよ治る」とあったのでホッとした。感動した運勢や裏面の神の教えの内容を紹介したい。

〈末吉の運勢〉
何ごとも進んですることはいけません。
心静かにし諸事控えめにしてこれまでの職業を守り
身を慎んで勉強しなさい
そのうちに悪い運気も去って幸福の時がきます

〈神の教え〉
無理に入れれば袋が裂ける、地位も名誉も神まかせ。
一升枡《いっしょうます》には一升しか入らない。
無理に入れればこぼれ、欲張って押さえつければ枡は壊れる。
地位も名誉も財産も身分不相応は災いのもとである。

神様お相手に、世の為、人の為に尽くして徳を積みなさい。

徳を積んで心の器を大きくしなさい。

心の器に授かる神のたまえる宝ならば永久《とこしえ》に逃げはしないのだから。


この〈神の教え〉はまさしく神様からのメッセージである。今の私に一番必要な内容を与えてくださったと、何度も何度も目をこらして読み返した。一緒に行ってくれたみんなも共感、感動が伝わっていた。


「来て良かったね。こんな出会いがあるなんて」

「本居さん神様から愛されていますね。求めてきたから与えられたんだね」

と言われ、「神の教え」にただうなずいて感動の余韻にひたった。


「神様お相手に、世の為、人の為に尽くして徳を積みなさい。

徳を積んで心の器を大きくしなさい」

この言葉こそ、心の中でなんとなく感じていたものなのだろう。だから心が震えたのである。神社を後にした私は嬉しさに包まれ、身も心も軽くなった。次に訪れた公園では元気に歩きまわって彼岸花の美しさを満喫した。また、この日は一万歩以上も歩けたことで、回復しつつある体を実感し自信にもなった。みんなからは無理をするなと言われても、毎日お店に行って、整体も徐々に増やして盛り上げようと考えていた。

また、神谷会長が9月7日に退院されていたので、このいきさつを電話で伝えると、

「良いね、良いね。私も元気が出るよ。私も体が落ち着いてきたからさ、本居さんのお店にもそろそろ行かなくちゃね」

と話され、24日に整体に来られることになった。私は懐かしい会長のお顔を見て、色々話せるその日が待ち遠しくなった。

クリスチャンなのに神社もお寺も大好きな変な私

ところでここで話しておきたいことが一つある。それは、クリスチャンの私が神社や仏閣がこんなにも好きだったら信仰がおかしいとか、変な人とか思う人もおられると思う。基本的に、クリスチャンなら神社や仏閣に進んで行かないと思っている。私は変わり者なのか、全ての出会いに神様の導きがあると信じている。だから、良いことも悪いことも何かの願いや、悟るべき内容があるが故に出会わせられていると思う。悪いことをも感謝し、悟り、乗り越えて欲しいと願う神様がいると思う。また、すべての宗教は宇宙の根源者の存在を認め、それを神様と言ったり、色々な名前で呼ぶが、名前は違っていても教えに共通することは多いと思う。

また、私にはお坊さんに嫁いでいる叔母がいた。とうに亡くなってはいるが、幼い頃、その叔母に可愛がられ、お菓子も貰えることから叔母の所に行くのが子供心に楽しみだった。時には、お釈迦様の絵本やマンガなども一緒に頂いた。富山県の私の町では、浄土真宗が盛んで小学校にあがると、近所の友達が集まってお寺の日曜学校に通った。仏様の話や説教を聞いてお経をあげるが、あとは友達と境内で色々遊べたのが楽しかった。ましてや、妻を見送り遺品のお焚き上げをした時、炎の龍神様が撮れてその写真も奉納できたら、神仏や龍神様を強く意識せざるを得ない。整体の仕事をやっていると色々な宗教の方と出会うと、ついつい人生や霊界のこと、平和のことなどあれこれ話すことがある。人には、それぞれ宗教や哲学、生き方があるが、素直に話し合えるとお互い共感することも多い。

平成の初めの頃、スピリチュアルカウンセラーの江原浩之さんの「天国からの手紙」というテレビ番組があり良く見ていた。番組の内容は、江原さんが遺族の願いを受けて御霊になった故人を探し出し、辛かったことや伝えたかったことを聞き出しては解決していくドキュメンタリーである。故人の辛い思いを知らされた遺族が、心から慰め供養していくのだが、余りにリアルな内容に何度も泣かされた。ただただ、江原さんのもつ霊能者としての素晴らしい資質に感動し、スピリチュアルな世界に関心が深まった。

がんの治療中にもスピリチュアルカウンセラー「自分大好きモッチー」さんのYouTube動画にはまってしまった。その明るい考え方や生き方にも引かれたが、中でも紹介していた熊野大社奥宮の「玉置《たまき》神社」が気になって仕方がなかった。それは、玉置神社が神様から呼ばれないと行けない場所で、呼ばれたときには生き方のヒントや答えを与えてくださると言う不思議な神社である。スピリチャルな人たちにはとても名の知れた神社で紹介動画も多い。腎ろうが取れたら、私は玉置神社に行きたいという思いがつのり、絶対に行こうと決めた。無理だろうなと思ったスケジュールがすんなりとれたことで、願いは叶った。そのことは後述したいと思う。

9月25日（日）
礼拝の前にがんの体験談を明かす日の奇跡（70日目）

お店で倒れてから丁度70日目、9月25日の日曜日。私は朝のお祈りを終え、ローソクの火を消しにかかると、ローソクの芯が「十字架」の形になっているのに気付いた。この日は、いつもより長い時間をかけて、み言葉を読んでお祈りをしていた。それは、日曜礼拝の前にガンの体験談を話すからだ。私は、救急車で運ばれて死を覚悟したことや、奇跡的な神体験をして生きられる確信に変わったことを思い出し、どのように証しするのが良いかを求めていた。だから、余計にローソクの芯の「十字架」が気になり、神様からのメッセージだと感じた。「十字架」…。十字架といえばイエス様の象徴で、十字架の痛みの絶頂で

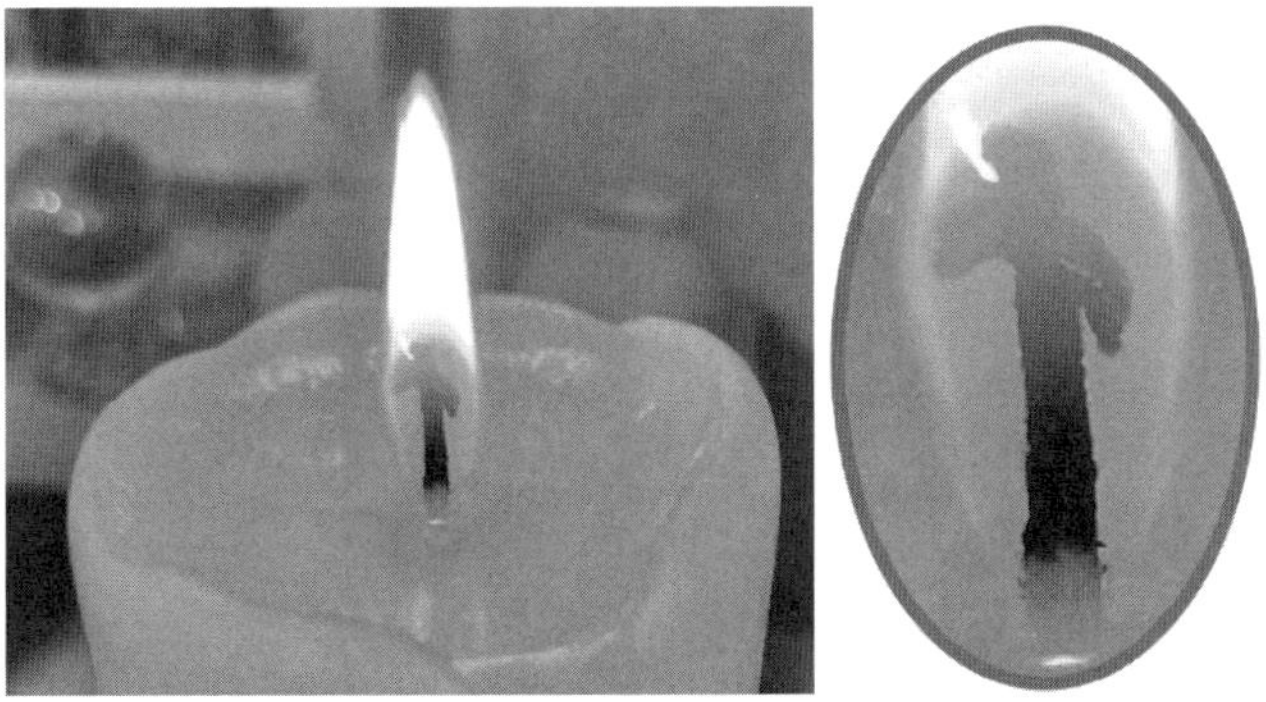

ローソクの芯が十字架に

迫害するものを許し、神様の愛を示された。真実の愛を感じれば、人は生まれ変わり生き方も変わる。立場は大いに違うが、私も死の恐怖を乗り越えた時、神様の愛を感じて涙を流した一人。死という恐怖の十字架を越えて救われた私は、まさしくイエス様の生きざまを思い出し、入院の時にしていた祈りを思い出し胸が熱くなった。「神様の恩恵に応えて生きる人間になりたい」という思いと、神様から「頑張りなさい」と言われている気がした。がんになる前の自分の生き方ではなく、神様の愛に出会えた者として、人を愛し、為に生きる喜びを伝えなくてはと心が引き締まった。教会長から「礼拝前だから証を15分ぐらいにまとめて話してください」と言われていたのに、つい話し出すと熱くなってしまい20分以上も話していた。

10月25日（火）５回目の抗がん剤の治療の日（１００日目）
腎ろうの管が取れ自由な体に
しかし、新たに抗がん剤の副作用があらわれる

私の抗がん剤治療の回数は全部で8回。丁度半分過ぎた5回目の抗がん剤治療の時に、ここまでの治療の効果を診るために造影剤入りのＣＴスキャンをすることになった。検査後に担当の先生が映像を映し出してこう説明された。

「治療前のものとを比べると随分小さくなっています。丁度大きさが約１／２ほどかな。本居さん、順調に良くなっていますよ。腎臓の状態も良いから、前の時に話していたように腎ろうを取りましょうか」

「先生ホントですか。嬉しいです」

と言って、食い入るように画面を見た。心の中では、「画面で半分ぐらいになったから、立体的に見たら体積はもっと小さい。きっと治る。神様本当にありがとうございます」と

つぶやいた。また、以前から抗がん剤治療を終えた後、次にどんな治療をするのか気になって、こう先生に質問をした。

「先生、このまま8回の抗がん剤治療が終わると、その後の治療はどうなるんでしょうか？ 教えてください」

「本居さん、このままの調子で行くと、治療が終わる頃にはがんが無くなっているか、あってもごく小さなものになっていると思います。おそらく寛解。寛解ならその後の治療はありません」

「先生、その可能性は高いのですか？」

「そうですね」

※寛解というのはがんがまだ体に残っていても、悪さをしない状態。
　完治というのは、寛解の状態が5年続き再発しないことを完治という

私はがんが縮小したという結果が嬉しいだけでなく、腎ろうが取れることで心は、はちきれそうになっていた。

泌尿器科の先生のところに行くと、腎ろうを取る説明をされた。

「本居さん、管を抜くだけですから簡単に終わります。簡単なオペですよ」

ベッドに横たわると、先生は管を体に固定していた手術用の糸を切り、管を引き抜くのに5分もかからなかった。

「これで終わり。良かったですね、本居さん。これで自由になれますよ。」

「先生、ありがとうございます。こんな日が来るのを楽しみに待っていました」

オシッコ袋をぶら下げる生活も終わり、体を束縛するものがないのは本当に嬉しくてありがたい。自由に動けるようになった私は、日光の美しい紅葉を見たくなり友達の大塚さんにお願いすると、すぐに叶えてくれた。天候にも恵まれた最高の観光日和。いろは坂、華厳の滝などを見ながら色々な思いも聞いてもらえ、生きていることの素晴らしさと喜びをしみじみと味わっていた。

11月19日から4泊5日の一人旅。念願の玉置神社に行く。

自由になった私は、今が熊野三山の奥の院の玉置神社に行く時だと思い、旅の計画をねった。一人ホテルに泊まって行くのも良いが、知り合いのところに泊まりながら行くのが良いと思っていた。玉置神社に行く途中には、良いことに豊橋にいる義理の弟の家があり、松坂市にいる友達の家がある。しかし、闘病中の私の体を気遣って、受け入れてくれないのではと心配したが、拍子抜けするぐらい簡単に受け入れてくれた。

スケジュールを紹介する。

初日は、新幹線で愛知県豊橋に向かい義理の弟夫婦の家に泊まり、元気な姿を見せて安心させること。次の日は、お見舞いにも来てくれた三重県松坂市の友達の上野さんの家に泊まる。三日目は、その上野さんに玉置神社まで案内してもらい、奈良のホテルまで送ってもらう。奈良にいる2日間は、神武天皇陵や龍田神社、朝護孫子寺、長谷寺、薬師寺、唐招提寺などを回れるだけ回るというハードな計画だった。

初めてお世話になる友達には、随分ずうずうしい人だと思われても仕方がないが、お願いしてみたら「良いよ。大丈夫、是非来てください。本居さんの話を聞きたい」と答えが返ってきた。「やったやった！」と小躍りし、お礼の言葉を返した。

私の性分は甘えん坊だし、性格から一人旅は余り好きではない。ホテルでの一人の時間はとても長いので淋しいし、話し相手もいない。一緒に食事を楽しみ、じっくりあれこれと話せると思うだけで、最高の旅になる予感がしてワクワクした。

初日は、義理の弟の所に新幹線で向かうと駅まで迎えに来てくれ、家に上がるとそのまま夕食までめいっぱい語り合って、夕食は外に出かけた。家に戻っても話しが尽きず、11時過ぎまで話した。

翌朝、なごりをおしみながら松坂にいる友達の上野さんの家に電車で向かった。上野さんはマツタケ販売を全国に展開している方で、販売シーズンになると猫の手も借りたいほ

玉置神社

ど忙しい。丁度11月は販売のシーズンが終わり、時間のゆとりがあるからと2日間もお付き合いをしてくれた。迎えの車の中で、さっそく東京にお見舞いに来てくれたお礼を言って話しが始まった。すると、上野さんはお見舞いの時のことを思い起こし、「本居さんの病気が余りにも深刻なので、これはもう助からないと感じて、帰ってからお見舞いをもっと包んでおけば良かったと思ったんですよ。ごめんなさい」と言われ、夕食にはマツタケ入りの松坂牛のすき焼きとマツタケご飯を食べさせてくれた。体のことを考えながら食べ、元気だったらもっと食べられるのにと思うと残念だった。その後も、時間も忘れて話に夢中になった。

翌朝、ご夫妻と松坂を出発して一路玉置神社に向かった。距離にして約150キロ、3時間ほどの道のり。朝の10時に出発し、ナビに目的地を入れて向かったのだが、なんと50キロも離れた違う玉置神社に設定してしまったから大変。間違っているのに気付くのが遅く、予定の時間に着くのは到底無理だ。途中で気付いて正しい道に向かうも、また道を間違えてしまうという失態。なかなかたどり着けないことに焦りを覚え、間に合うのかと心配になった。私は呼ばれていないのかとか、何か足りなくてたどり着けないのかと感じて辛くなった。思えば玉置神社への道を間違ったのは、余りに話に夢中になって意識が散漫になり、ナビ任せだったことにある。ただ、玉置神社に近づくにつれ、無性に心がソワソワ、何か故郷に帰るような嬉しさが込みあげてきた。

玉置神社にようやく4時ごろ着くと、日は落ちてあたりは夕暮れ。しかも、悪いことに社殿までは歩いて約20分とある。暗くならないうちに参拝を済ませようと、参道の坂道を小走りで行くしかない。病み上がりの私にとって小走りで向かうのは簡単ではない。さすがに心臓はバクバク、息も苦しく、やっと社殿にたどり着いた。社務所はすでに締まり、境内には誰一人いなくてひっそりとしていた。道さえ間違えなければもっと早くお参りできたのにと思うと、話に夢中になっていたことを後悔した。息を整えて、心を落ち着かせてお祈りをしたいと思ってもままならないが、思っていたことを伝えた。暗くなるのが心配で、足ばやに駐車場に引き上げることにした。

しかし、遅れたことで帰り路では見たこともない景色に出会うことになった。今にも沈む赤い夕陽が木漏れ陽となって木が赤く燃え、土手の地面の草木も真っ赤にゆらゆらと燃えていた。その時、聖書の「出エジプト」を果たしたモーセがシナイ山で真っ赤に燃える柴の木の前で神様の声を聞いたことを思い出した。神様がこの景色を見せるために遅くさせたのかもしれないと。神様は「お前がなすべきことは既に伝えてある。今更何を聞きにここに来たのか。私はお前と共にある。自信を持って歩みなさい」と言われたように感じて心が軽くなった。（巻頭写真参照）

がんを克服したらやりたいと思ったこと。

1　人は神様によって導かれ生きているので、神仏や龍神様を大切にする。

感謝するだけでなく人のために祈り、支えてあげようとする愛の心を持つこと（神様のために）。

1　ガンの人の希望になって健康を指導する仕事をする。
漢方の王様である高麗人参の良さを伝えること（人のために）。

1　どんなことにも感謝して前を向いて諦めなければ、道が開け希望が見えてくること。
正しいことや良いと思ったことは必ず挑戦する。

思えば今回の旅の目的は、人との絆を深め、新たな人との出会いや縁を結べる人に会うことだった。義理の弟夫婦、松坂の友達夫婦は言うまでもなく、訪ねたところで誰かと縁を結びたい思いがあった。

翌日は、聖徳太子ゆかりの信貴山朝護孫氏寺を参拝。畑中宮司夫人から「今年は寅年だから、寅にゆかりのある朝護孫子寺を訪ねたら良いね」と言われ訪ねた。私の参拝はのんびりと気の向くまま廻り、出会わせたい人を探すように境内を歩いていると、奥宮でお掃除をしている婦人と出会った。とても品のある気さくな方だったので、「こんにちは、お疲れ様です」と声をかけた。今回の旅のいきさつを話すと、とても反応が良く、がんが良くなったことを素直に喜んでくださった。住職夫人と分かり、出会わせたい人がこの方だと確信した。訪れる先には嬉しい出会いが必ず待っていると思うと、出かけるのも楽しい。

信貴山朝護孫氏寺

ところで、その日は朝護孫子寺だけでなく、神武天皇陵、龍田大社、長谷寺を一気に回わり、15，000歩以上も歩いたから途中で足がつってしまった。さすがに歩き過ぎだと思ったら、案の定、夜中にもひどく足がつって痛くてもがき苦しんだ。それでも翌日も頑張って、参拝したかった薬師寺、唐招提寺、京都の東寺を巡って川崎の自宅に帰った。この日も18，000歩も歩いていた。夜中になるとまたひどく両足がつった。それ以来、少し歩くと夜中になるとつるようになって、歩きたい気持ちも下がり、4，000歩も歩かなくなった。抗がん剤が肝臓に負荷を与え、肝臓が筋肉疲労を取ったり、回復する力を弱めたのだと感じた。

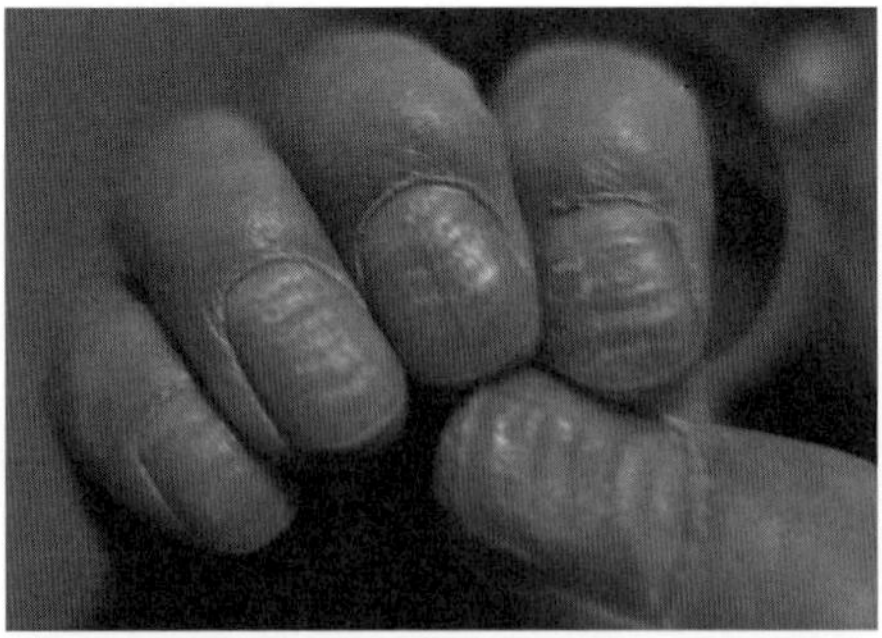

爪の表面がギザギザに

体調の変化

このようなことが起こってきて、順調に見えた抗がん剤治療の悪い影響が体に出始めていた。11月15日の6回目の抗がん剤を打った頃から、手の全体と足の指先にしびれの症状が起こり始めた。はじめはあまり気にならなかったが、徐々に範囲が広がりしびれがひどくなっていった。そのことを先生に話すと、しびれを取る薬を出してくださったが、広がるのを押さえるぐらいであまり変わらなかった。また、指の爪に変化が現れ、色が薄黒い土色になって表面がギザギザの凹凸になった。抗がん剤の副作用で、打つ度に爪の成長が悪くなってへこむのだ。

12月の体の悩み

12月6日に7回目の抗がん剤治療を終えると、3，000歩も歩くと夜中に足がつることが増えて本当に歩くのがおっくうになってしまった。ちょっと歩き過ぎると、両足のふくらはぎがつるだけでなく、スネもつる。これには大変まいってしまう。ふくらはぎがなんとか治まると今度はスネがつり、スネが治まるとふくらはぎがつるというのを何度も繰り返す。一番眠い時につるのを止めるために1時間も格闘する。歩かなければつりにくいのが分かるから、なるべく歩かないようにして、温かい水分をとり、お風呂で体を温めるようにしたら少しよくなった。

また、12月の寒さが身にこたえたのだろうか、鼻風邪を引いてしまった。ただ厄介なことに風邪薬を飲んでも治らず、2週間も微熱と鼻水、小咳が続いた。食欲もわかないし力も出ないのに、予約の整体だけはこなして疲れ切っていた。目前に迫る27日、最後の8回目の抗がん剤治療をこんな状態で受けるのかと思うと、心配で憂鬱な気持ちになった。予定をなんとか来年に延長、変更して貰えないのかと考えたが、「こんな所で弱音を吐いちゃいけない」と予定通りに治療を受けに病院に行った。結果は、思っていたより軽く無事に

羽田にある平和鳥居

終わった。

「ようやく、8回の抗がん剤が無事終わったか。からださん、お疲れ様。本当に良く頑張ったね。今日も高麗人参茶を沢山飲み、ご褒美に大好きなイチゴを食べようか」

と体を励まし、みんなにLINEをした。抗がん剤が風邪の菌をやっつけたのか、風邪の症状が不思議に改善し軽くなった。

お正月の大失敗

風邪もようやく治って元気になった私は、大晦日の夜11時に太子堂八幡神社に参拝。畑中宮司さんをはじめ皆さんに挨拶して午前1時頃には家に帰って眠りについた。ただ、元旦の一日は忙しい。5時半に起床、初日の出を見に羽田の天空橋にある平和鳥居に向かい、美しい初日の出と富士山を堪能、それから急いで川崎大師に向かい参拝をする。信じられないかもしれないが、その時間の川崎大師はガラガラで参拝が簡単にできる。有名な美味しいくずもちをお土産にして八幡神社に向かった。お土産を渡すと、宮司夫人から「お腹すいたでしょう。雑煮を食べてね」と言われ、よせば良いものをお餅4個入れてくださいとお願いした。食べ終わると、社殿で行われる元旦祭や神楽殿の出し物や参拝の様子などを忙しく写真撮影して回った。

青蓮の舞（太子堂　八幡神社の神楽殿）

元旦の出し物の一番は、舞台衣装デザイナー、パフォーマーとして活躍する時広真吾さんの「青蓮の舞」の奉納。絢爛豪華な衣装に身をまとって舞う「青蓮の舞」は、艶やかさの中にも厳粛な空気を醸し出し多くの人の心を魅了する。夜は、畑中宮司夫妻を囲んで一緒に美味しいすき焼きのご相伴にあずかった。宮司夫人から「本居さんの快気祝いもかねているから思いっきり食べて良いからね」と言われ、美味しさと嬉しさで遠慮なく沢山食べてしまった。満腹のお腹に、さらにすき焼きの締めにお餅を3個、デザートも食べた。さすがにこれは食べ過ぎ、お腹が一気に苦しくなり悲鳴をあげた。

疲れ果てて家に帰ると、とんでもないことが体に起きた。それは、家のトイレのドアを開けたとたん、オシッコの態勢になる間もなくズボンに勢いよく漏らしてしまったのだ。慌てて汚れた服も脱ぎ捨て、べちょべちょになった床を掃除しお風呂に入った。さらに災難は続き、気持ちよく眠りたいのに1時間おきにオシッコで目が覚めてしまうのだ。こんなことが朝まで続き、まったく眠った気になれない。いつもにはないことが起きて色々考えると、食べ過ぎと甘いものの取り過ぎだと後悔した。

病院の薬が命を守っていたことが分かった

私の正月の恒例行事に一泊二日の「日の出ツアー」がある。（巻頭写真参照）２０２２年は小田原の先にある真鶴半島三ツ石の日の出の撮影、２０２３年は南伊豆白浜の白浜神社に行った。1月3日の朝、日の出を見ることが好きな友達と4人で白浜に向かったが、この時ばかりは大晦からの疲れとオシッコがらみの寝不足、取り終えた写真の編集で体は限界に達していた。まったくもって、闘病中のガン患者がやる行為ではない。私は、一度始めると途中でやめられないし、決めたことはキッチリやりたいタイプ。だから、こんな状態でも車で寝れば大丈夫だと思ってギリギリまで作業をしてしまう。だから、寝不足で意識散漫な私は、うっかり病院の薬と高麗人参茶をリュックに入れ忘れ、東名高速に入ってから気付く始末。これから取りに戻ると友達に迷惑をかけることになるからできない。薬を忘れたことを知った仲間は「本居さん、薬なくて大丈夫なの？引き返そうか？」と言われても、「大丈夫だよ。体も良くなってきていて問題ないよ」と心の中の不安を押し殺して強気に答えた。元気に振る舞ってはいるものの、何事もないようにと祈っていた。

その日は、南伊豆を無事に観光したものの、予約したペンションに着くと不安は的中した。宿泊手続き中に尿意が起こり、もうすぐ終わるから大丈夫と我慢したが、案の定、途中で強い尿意に変わった。手続きを終え慌ててトイレに向かうが、ドアを開けた瞬間に勢いよくお漏らしをしてしまった。普通なら我慢できるのに、できない体に愕然とした。床を掃除し、お風呂でズボンを洗って事なきを得たが、これから先が思いやられる。夕食が美味しくて話も弾んだが、早々に部屋に戻った。今日は気持ちよく眠られるだろうと思ったが、1時間ごとに目覚めてトイレに行った。元旦の夜と同じで寝た気がしない。それでも4日の早朝、ワクワクしながら白浜神社に向かった。海の鳥居とご来光のコラボは美しく、自然の息吹を感じる波の音、凛とした冷たい空気に包まれた荘厳なひととき。一年の出発にはぴったりで、神様への感謝と畏敬の念で写真を撮り終えた。ところが、なんとなんとカメラにSDカードが入っていないことに気付いた。このショックは大きかった。薬を忘れ、オシッコ事件とSDカード忘れ。何よりも、最高の日の出の写真を撮れたにも関わらず何も残せない虚しさ、全く何をしに来たのか分からなくなり悲しくなった。写真はスマホで撮った写真だけで、美味しい朝食を食べてもブルーになっていた。

そんな私をさらに困らせるかのように、今度は体が急変しはじめた。寒気がし、冷たい空気や風が体にひびく風邪の症状になり、今日の一日が不安になった。一様、風邪薬とビ

伊豆の白浜神社のご来光

タミン飲料を飲んでしのいだが、昼食の海の幸も西伊豆の美しい景色も楽しめず、ただ一人車に残って過ごす時間はとても淋しくて辛かった。

こんなに不安で虚しい旅は初めてであり、体を守る薬が如何に重要なものなのかをしみじみと感じた。また、今度の失敗ががん細胞に希望を与え、活動し始めるきっかけになりはしないかと思うと不安になった。これからは闘病生活の基本にそった良い生活をしようとキモに銘じた。やりたいことをやりとげることが価値ある生き方だと思っていた私は、我慢することの大切さも分かった。そして「ごめん。無理ばかりさせてしまって」と体に謝り、高麗神社で引いたおみくじの〈神の教え〉の言葉を思い出した。

無理に入れれば袋が裂ける、地位も名誉も神まかせ。
一升枡《いっしょうます》には一升しか入らない。

無理に入れればこぼれ、欲張って押さえつければ枡は壊れる。
地位も名誉も財産も身分不相応は災いのもとである。
神様お相手に、世の為、人の為に尽くして徳を積みなさい。
徳を積んで心の器を大きくしなさい。
心の器に授かる神のたまえる宝ならば永久《とこしえ》に逃げはしないのだから。

抗がん剤治療の結果は寛解

2月3日、PET検査と血液検査を受けに病院に行く。
2月7日、検査結果と今後の治療について聞きに行くために病院に行った。
先生が、
「何の問題もありません。寛解ですよ。良かったですね。
今後は3か月に1回の定期検査を行い、体に異常が無いかを調べます。

もし、その時に異常が見つかれば抗がん剤治療を行います。宜しいですか？」

「先生、再発防止のために抗がん剤のお薬とかもう飲まなくて良いんですか？」

「飲まなくて大丈夫です。ただ異常が見つかれば、そく今回と同じ治療を行いますよ」

「そうなんですね。再発予防の薬はないのですね」

「はい」

　何かキツネにつままれ、納得できたような、できないような。もう何の治療もありませんと言われ、治療がいらない体になったんだと思うと変に気が抜けてしまった。気持ちを整理して、家族やお世話になった方たちと連絡を取り合うと、「先生おめでとう。良かったですね」と言われ、そのたびに喜びが強くなっていった。

第五章　希望への道

大好きなエンジェルスのウェアーを着て引率

寛解から完治への道へ

晴れて寛解となった私は、完治をめざして頑張っていくことになった。食生活や軽い運動など健康に気を付けながら、これからやりたいことをピックアップしてやり始めることにした。もちろん整体をしながら健康のアドバイス、がん患者には相談にのって健康法や高麗人参の良さも伝えた。また、お客様が喜ぶ楽しい日帰りツアーも企画、日立海浜公園のネモフィラを見に行ったり、清里のひまわり畑に行ったりもした。5月末には、アメリカから帰ってきた長男家族と沖縄に4泊5日の旅行をして楽しんだ。体が良くなったとはいえ余りに精力的に動くので、みんなから「大丈夫?」と心配された。

7月8日、親族や友人、お店のお客様などには色々話したが、ガン患者の集まる前で話す機会はなかった。そんな時「カフェド・オリーブ」というがん患者の集まる集会で思い切り体験談を話せる機会がやってきた。最初は20分ぐらいと言われたのだか、蓋を開けると40分もの時間を頂いたので、まとまった内容の話をすることができた。やはり何か会場の雰囲気が違っていて、質問の中身も具体的だった。この時から、体験したことが如何に貴重かを悟り、がんに対する思いを本に託して伝えたいと強く思うようになった。がん患者や家族の皆さんに、幸せで悔いのない闘病生活を送ってもらうために。

7月21日倒れてから約1年、感謝の気持ちを叫ぶために乗鞍岳に登る

２０２２年7月18日に激しい腹痛で倒れてから1年、私は良くなった喜びを山の頂きで思いっきり叫びたくなっていた。私の人生で、これほど濃くて尊い時間を過ごせた1年はなく、貴重でかけがえのない、感謝しても感謝しきれないくらい素晴らしい体験だった。

だからこそ、天に一番近いと思った北アルプスの乗鞍岳（3，026m）の山頂で思いっきり叫んでみたい衝動にかられた。友達の大塚さんが「ホントに登るの？」と聞いてきたが、「どうしてもやりたい」と言うと、納得して一緒に登ってくれた。

21日は素晴らしい快晴で、登山にはもってこいの日となり天の導きを感じた。北アルプスの乗鞍岳は標高3，026m。2，700mの畳平までは登山バスで行き、そこからの登山道を約2時間歩くと頂上に着ける初級の山である。登山道は整備されて歩きやすく、平日はすいているので「こんにちは」と挨拶をするのもしやすいし、景色も楽しめる。休憩した時に「どちらから？」と声をかけてはよもやま話をし、私の登山の目的を話す。すると「へえ〜、それは凄い」と感動してくださる。

「山頂で思いっきり叫んだら、気持ちが良いでしょうね。素晴らしいなぁ、大きな声で叫んでください。

私たちのところまで声が届くように」

と励まされた。山頂では記念の写真を撮り、叫ぶ場所を探す。山頂にあるお社の裏手にまわると、丁度良い岩があり、その上にあがって叫ぶことにした。

「皆さんすみません、聞いてください。私はこれから大きな声で叫びます。助からないと思っていた末期のがんが克服でき、感謝の気持ちを叫びたくて乗鞍にやって来ました。今から、ありがとうの気持ちを思いっきり叫びます。うるさいと思いますが、どうか宜しくお願いします」

と言うと、登山者の目が私に注がれた。

「神様ありがとうございます。
1年前に末期のがんで、何もしなければ余命数か月と言われました。
しかし、神様とみんなに守られ、お陰でこんなにも元気になりました。
いろいろな奇跡も見せてくださいました。
これからは心を磨いて、神様のため、人のため、がん患者のためにがんばります。
本当にありがとうございました」

と、天にも登山者にも届けとばかりに大きな声で叫んだ。すると、そばで聞いていた皆さんが温かい拍手で応えてくれた。すがすがしい思い出を胸に山頂を後にした。

本にすることを決意して、原稿を書き始める

東京に戻ると、本にできるかどうか不安だったが、自費出版で本にすることに決めた。知り合いの出版社「アートヴィレッジ」の越智社長に連絡、相談した。

「本居さん、それだけの体験と内容があるなら、まず書いてみましょうよ。感じたことが多ければ、難しくありませんよ。ただし、本にするのならＡ４レポート用紙で70枚の原稿が欲しいですね。先ずは書いてみてください。やってみましょう。」

「70枚ですか。大変な数ですね。書けるかどうか分かりませんが。神様が願っているなら書けると思います。50枚にもならなかったら諦めますがやってみます。」

工学部出身で文章能力も足りないものが本を書く。結構ハードルが高いと思いながらも、文章を書くのは嫌いでもないし、紹介の小冊子やチラシも作った経験がある。ただ心配な

のは、1年ちょっとしか経っていないのに、こんなに早く本にして良いのだろうかと悩んだ。周りから見ればガン患者で完治もまだしてないのにと思われ、早くても2024年の2月、丁度寛解1年を過ぎてからにした方が良いと思った。書き始めてみると、あれもこれも書き入れたくなるものだ。70ページ以上書けそうな予感がしてくると書くのが楽しくなった。スマホには、闘病の時の気持ちをつづったメールが毎日のように残っていて、それを読んでは思い出して泣きながら書いたこともあった。こうして迎えた2月末、越智社長に書き上げた原稿55枚分を送った。

「原稿を読みました。本居さん、神様の技の凄さ、奇跡の連続でしたね。与えられた恵みに感動しています。多くの人に伝えたい内容ですね」と励まされた。本にするという、ひとつの夢が叶う日が近いことを感じて嬉しかった。

エピローグ　私の願い

がんは生き方や考え方を変えるチャンス

思うに見方を変えれば、がんは新しい自分や生き方を生み出すパワーを秘めている。私は、がんを通して発見したこと学んだことが沢山あった。「最高の幸せは不幸な顔をしてやってくる」という言葉があるが、私も同感である。第3章の「入院前に整理して分かったこと」のタイトルの中で書いた

①感謝する心で苦難に立ちむかうと道は開ける。
②感謝の心は恩返しの心、愛の心を生む。
③感謝すると日々の出来事に出会いや導きを強く感じる。
　神様や仏さまを感じる。

これは私が学んだことである。「がん」は死に至らしめる病気になるかもしれないから、不運で不幸なことが起きたと感じて、感謝できなくなるのが当たり前。だが、私は神様に導かれて「がん」に対して感謝することができるようになった。私にとって「がん」にか

かったことが大きな人生の転換点であり、このような考え方や生き方が人生訓になったのは間違いない。今思うと、神様や天国にいる妻が、「がん」という病気を通して「そのままではいけないよ。変わりなさい」と教えているような気がするのだ。

思うに人には生命力が備わっていて、食欲や運動、睡眠などで生きる力が養われ、適応能力、自然治癒力、抵抗力、体力が養われる。体に良くないことが起こっても、生命力で壊れないように守っている。もしも、がん細胞ができても、がんを見つけてやっつける免疫システムが体にはある。だから、生命力の低下を引き起こした人はがん細胞を退治できなくなり、がん細胞を無くせない体になって起こる病気だと思う。

また、がんにかかりやすい人は無理をする人であり、過労や睡眠不足などで発する体の声に耳を傾けない。頑なに突っ走ったりする人がなりやすいと思っている。私も自分の心に素直に問いかけ、聞いてみたら、そんな自分がデーンと座っていた。一人で頑張る人には応援団も無いから孤独で、心の奥底は淋しさで溢れている。物事に感謝もできず、不平不満もたまり、上手くいかなくなって道が開けないと、どうしようもないストレスになる。そんながんを生み出す生活や考え方を改め、感謝と笑顔と愛の心で自分の生命力を高める生き方が大切だと今は心から思う。

他の病気にも言えることだと思うが、体に無理をさせて疲労がたまると、いくら健康に気付かっていても、怠け心で生活がコントロールできなくなり、悪い生活によって病気になるのは自然の理。健康に携わる者も乱れた生活やストレスで病気になるからか「医者の不養生」という戒めの言葉もある。

心も健康、生活も健康にし、生命力を高めることこそ大切なことなのだ。たとえ病院の治療で一時的に良くなったとしても、自分が変わらなければ再発や悪化を招くことになる。がんも悪い生活や考え方が引き起こす生活習慣病、つまりは心の病気の一種だと言えるかもしれない。

明るく元気に笑えて、正しい生活のリズムを作るためには、幸せで健康に生きる生き方や悟りが必要に違いない。だから、がんを治す食生活や健康食品、運動、休息の取り方、温め方の紹介は専門家や他の本に譲り、私が味わった闘病生活や体験に共鳴し「がん」で苦しんでいる人、苦難の病気にかかった人達に少しでも人生の希望や勇気を持ってもらえたらと願っている。

（了）

あとがき

恥ずかしながら慣れない原稿を書き上げ、本にできたことは言葉にならないくらい嬉しい。そして、応援を頂いた人たちには深い感謝とお礼の気持ちで一杯である。

書き上げる途中には涙した時もあれば、くじけて数か月も手につかなくなったこともあった。だからこそ、陰ひなたで支えてくださった方々にはありがとうの感謝しかない。

死刑宣告のごとき末期がんと言われた中で、奇跡とも言える神様や龍神様の導きや高麗人参で助けられた。死への苦しみや悲しみに絶望して、生きる気力を失っても仕方のない状況で、それ以上にも愛され生かされている喜びを知って感謝の涙を流した。だから、この体験を通して学んだことを、がんで苦しむ人や、人生に独生独死を感じている人に伝えたくてじっとしていられなくなった。

がんになることは決して不幸で悲しいことではなく、人生の尊い何かを発見するチャンスでもある。気づけば何もかもが愛だと感謝できる世界があるということを掴むことができた。

人は一人で生きているようで、実は神様がそばにいて、必要なものに出会わせてくださっていると感じたら、人生あきらめる必要はなく、どんなことも希望にしか見えなくなるかもしれない。妻のように、たとえ、がんで死んでも悲しみや不幸では終わらないことを感じさせてもらったから。

こんなことを言えば、人は本居さんだから出来たというかもしれない。しかし、まぼろしのように思わないで希望だけは感じて欲しい。また、がんを克服した者と克服できずに死んだ者との間には、生きたい、生きていて欲しいという本人や家族の思いから両者には言葉にならないほどの違う思いが湧く。

がんを克服できた者は勝者で優越感にひたり、がんに負けた者は敗者で負い目を感じやすい。しかし、それは間違っている。生き方が悪かったとか、出会いがなかったと責めたくはない。誰でも悲しくなって、追い込められた中で精一杯悩み苦しみもがくのだ。だからこそ、自分の体験に独り善がりを感じることもあった。そんな時には、私の思いが届かないかもしれないと思えて書くのを躊躇した。

そんな悩みを話すと、「先生!伝えることに価値があって、分かってもらえなくても良いじゃないですか。必ず共感してくれる人がきっといますよ。元気をもらう人や、希望を感じて前を向く人がいます。書き上げてください。応援しています!」と、背中を押してくれた。こう励まされると、心が慰められ気持ちが楽になった。苦手な校正も親身に診てくれる人も現れ、大いに助けられた。

すべては神様によって導かれ与えられていると思えるからこそ諦めないで欲しい。すべては感謝から始まるのだから。

２０２４年９月

本居弘志

著者プロフィール

本居弘志（もとい ひろし）

昭和 29 年（1954 年）富山県生まれ。金沢大学工学部卒業。整体師、平成 7 年（1995 年）に整体師の資格を取得し、現在まで 30,000 人以上を施術している。
映像関係の仕事をしていた 40 歳の時、過労から不眠症と体調不良で苦しむ。友人に勧められた高麗人参茶で回復、健康を取り戻す。それ以来、東洋医学に心が惹かれ、整体学校の教材製作などに携わった関係から健康の仕事に従事することを決意。整体を中心に、健康のサポートに情熱を燃やす。
68 歳の時、末期のがんに襲われるも奇跡的な体験を経て回復。以来、生かされた命に感謝し、社会や人の為に生きたいと活動中。

悪性リンパ腫闘病記
がんから学んだ幸せの道

2024年10月20日　第1刷発行
著　者——本居弘志
発　行——アートヴィレッジ
〒663-8002　西宮市一里山町5-8・502
TEL 050-3699-4954　FAX 050-3737-4954
Mail：a.ochi@pm.me